# 평생
# 시를 쓰고
# 말았다

1960년대 시문학 데뷔 7인 공동 시집

**초판 인쇄** 2020년 3월 15일
**초판 발행** 2020년 3월 20일

**지은이** 홍신선 양채영 오순택 민윤기 양왕용 이상개 고창수
**펴낸이** 김상철
**펴낸곳** 스타북스

등록 제 300-2006-00104호
주소 서울특별시 종로구 종로1가 르메이에르 1415호
전화 02)723-1188 팩스 02)735-5501
이메일 starbooks22@naver.com

ISBN 979-11-5795-513-8 03810

이 도서의 국립중앙도서관 출판예정도서목록(CIP)은
서지정보유통지원시스템 홈페이지(http://seoji.nl.go.kr)와
국가자료공동목록시스템(http://www.nl.go.kr/kolisnet)에서
이용하실 수 있습니다. (CIP 제어번호 : CIP2020009481)

# 평생
# 시를 쓰고
# 말았다

## 일러두기

1965-1966년 월간 '시문학'으로 등단하여
2020년 현재까지 시작 활동을 하고 있는
시인 일곱 명의 공동시집이다.

시인들마다 '시작노트' 성격의 산문을 앞에,
작품 수록은 '신작 시' '데뷔작' '대표 시' '근작 시' 순이다.
'대표작' 대신 '근작 시'만을 실은 시인도 있다.

약력은 시인들이 작성하였다.
다만 지나치게 상세하고 내용이 긴 약력은
일부를 생략하거나 수정하였다.

월간 '시문학'으로 함께 등단한 시인 중에
2018년에 작고한 양채영 시인은
'데뷔작'과 '대표시'를 골라 실었고
따님 양혜령 씨의 추모기를 곁들였다.

작품 수록은 '시문학' 등단 순이다.

seestarbooks 011

# 평생
# 시를 쓰고
# 말았다

1960년대 '시문학' 데뷔 7인 공동시집

홍신선
양채영
오순택
민윤기
양왕용
이상개
고창수

스타북스

c o n t e n t s

## 홍신선



## 오순택

## 민윤기



## 양왕용

c o n t e n t s

## 양채영

동국대 국문학과 동 대학원 국문학과 졸업,
문학박사. 동국대 문예창작과 교수, 동국대 예술대학원장 역임.
1965년 월간 '시문학'으로 등단.
시집 『서벽당집』『겨울섬』『우리이웃사람들』
『다시 고향에서』『황사바람 속에서』『자화상을 위하여』
『우연을 점 찍다』『삶의 옹이』『직박구리의 봄노래』
연작시집 『마음경』 등 다수.
현대문학상, 불교문학상, 한국시협상, 김달진문학상, 김삿갓문학상,
노작문학상, 문덕수문학상 등 수상.
현재 계간 문학선 발행 겸 편집인.

홍신선

# 시화詩話 세 토막

나이 탓이겠지만 얼마 전부터 새벽잠이 없어졌다. 한밤중의 토막잠 두어 차례 뒤엔 백지 같은 공백이 온다. 아무리 잠을 자보겠다고 뒤척이지만 정신은 한결 더 말똥말똥해진다. 결국 새벽녘 고요와 마주한다. 고요는 언제부턴지 거기 그렇게 있었다는 듯 미동도 않는다. 나는 일어나 그와 마주한다. 내 정신이 고요에 집중한다. 고요라고 틈새든 잡티든 없을 수 없다. 완전 백 퍼센트 전일한 적막이라는 게 어딨나. 그러다 보니 창밖엔 바람이 부는 거 같다. 멀리 아랫마을에선 개도 간헐적으로 짖는다. 바람이든 개 짖는 소리든 개의찮고 고요는 그냥 고요일 뿐이다. 되레 그것들이 고요가 얼마나 깊은 고요인지를 가늠케 한다. 잠이 쫓겨 간 내 새벽녘은 대략 그렇게 지나간다. 고요하다는 것, 그런 고요를 앞에 하다 보면 마치 비 개인 아침녘 사물처럼 내가, 내 둘레가 한결 선명하게 보인다. 고요가 점차 내 화두가 되는 것 같다.

대학 4학년 때였다. 당시 나는 무슨 생각이었을까. 이창배 교수의 영시 강독을 들었다. 교재는 골든 트레저리Golden Treasury. 옥스퍼드 대학 시학교수인 F.T. 폴그레이브가 엮은 앤솔러지였다. 나는 부지런히 영어사전을 뒤적이며 교재를 들여다보곤 했다. 그 때 얼마간 생소하게 접한 작품들이 있다. 에피탑epitaph이란 비문碑文, 혹은 비문체碑文體의 시들이 그것이었다. 시인이 자신의 비문을 쓴다, 아니 썼다(?). 팔팔한 혈기밖에 없던 그 무렵 내게 그 시들은 거, 참 이런 것도 시라고 하나 그런 느낌뿐이었다. 그랬던 내가 「에피탑」을 써 봤다. 그때로부터 반세기 훌쩍 넘긴 세월만의 일이다. 과연 내 가고 난 뒤 혹 단갈短碣엔 뭐라고 쓸 것인가. 나는 지나온 날들을 곰곰 챙겨봤다. 흔히 말하는 고관대작질도, 대단한 공명도 없었는데 뭘 쓸 건가. 장심이사로나 살며 회한과 실착失錯의 연속인 세월이지 않았는가. 고작 우울한 말들이나 조종하던 시 장색匠色이 내 본래 면목이었다. 제 자신의 삶을 몇 줄 안에 스스로 결산한다는 게 비명碑銘, 아니 비문체 시의 핵심이 아닐까. 아무튼 나는 그 시 장색의 일이라도 기록으로 남길 마련인 것 같다.

간 겨우내 돌들을 주워 모았다. 집 둘레나 빈 밭을 기웃거려 막돌을 주워 나른 것이다. 이 동네엔 돌이 유난히 많다. 커 봐야 뼘 가웃짜리들이 대부분이었다. 돌 빛깔이 또 아닌 것이 주로 마른 흙빛깔이었다. 그런 돌들이 지천으로 널린 것이다. 나는 틈나는 대로 그 돌을 날랐다. 집중적으로 일시에 목표를 성하고 하는 작업은 물론 아니었다. 그러다보니 겨울 한철 지나고서야 두어 무더기 가량 모았다.

이즘 나는 그 돌을 터앝 배수로에 호안護岸삼아 쌓는다. 여름 빗물에 패여 나가지 않도록 하기 위해서다. 막상 돌들을 쌓다 보면 거기엔 그 나름의 요령이 있다. 밑바닥에 큰 돌을 놓고 그 위에 작은 돌을 끼워 맞춘다. 이놈 저놈 골라 틈새를 맞추다 보면 어느 한 놈이 턱 들어맞는다. 깎아 맞춘 것처럼 냉큼 자리를 잡는 것이다. 마치 소목장이 사궤물림으로 짜 맞추듯 한다고 할까. 그 요령 아닌 요령으로 쌓다 보면 어떻게 생겼든 못 쓰거나 버릴 돌이란 없다. 다만 있을 자리를 찾아 얼마만큼 맞춤한 품새를 갖춰주는가가 문제였다. 터앝 도랑벽의 돌쌓기란 재미있다. 재미에 빠지다 보면 놀이가 된다. 이 놀이는 돌쌓기만일까.

시도 결국은 말 쌓기 놀이가 아닌가. 작품 한 편을 만들기 위해 얼마나 숱한 말들이 모아지는지. 또 제 자리를 찾아 놓여 지는지. 그리고는 많은 말들이 버려지는지-

시작詩作은 내 오랜 경험칙에 비춰볼 때 이 같은 말 쌓기이기도 했던 것을.

# Epitaph

여기 시詩의 나그네였던 한 사람 잠들어 있다.

왼 인생 말 뒤꽁무니만 따라 다녔던 외길 한 가닥의 긴 행로行路를 접고

뒷날에 묻는 뭇 시편詩篇들 남겨두고

세상世上에서 내려 와 총총히 더 먼 시간 속으로 돌아간

시詩의 길손 한 사람 여기 쉬고 있다.

# 어느 것이 본래 면목인가

갇힌 방 창턱에 두 손 포개 올린 채 넋 놓고 내다보는
초겨울 빗속
이즘 김장밭 무 밑 드는 소리에
귀도 깨진
환히 살 마른 늙정이풀 하나가
빗발들 사타구니에 고개 쑤셔 박은 채 서럽도록 춥다

오 저 게 내 본래면목인가

　아니면 유한有限의 이 뇌옥에 갇힌 채
　성운星雲의 광막한 골짜기 너머나
떠나온 옛집처럼 넘겨다보는
이 마음이 제 면목인가.

# 거미줄

이 가을 입구에 웬 글쟁이가 하복부방적돌기에서 줄 뽑아 쳐놓은 거미줄 한 편
무엇을 노리고 이 어수선한 시절 흔들리나

눈 먼 독자들 몇몇이나 걸려들어 넋을 빼앗길 건가.

# 가을하늘은

살고자 태어난 목숨은 몇 벌씩 두고 갈아입는 게 아닌데
그나마 한 번 빌려 쓰면 버릴 마련인데
하학종이라도 울린 듯 푸새들
간 여름 빌렸던 몸피 다 내버리고 돌아간
텅 빈 가을하늘이 군소리 하나 없이 높고 푸르다.
나고 죽고 나고 죽는 제 마지막을 선물처럼 받아들고 간
누군가가 얼마 전 버리고 간
수수만평 툭 터진 마음이 저렇지는 않을까.

# 가을비

누가 가을비는 소리만 온다고 했나.

비는 꼬리를 올려 세우고 고목이 다 된 호두나무를 기어오르거나 순간 허공의 거죽을 타고 주르륵 미끄러져 내린다.
오늘 저 숱한 새끼 얼룩 고양이들 발소리 죽여 이 나라 전역에 흩어져 달아난다.

찬바람머리 가을비는 소리도 없이 고양이 걸음으로 온다.

데뷔작

# 희랍인의 피리

1

그리하여 나의 많은 것들은
부신 은하의 푸름이 닿는
열두 궁기 그 허리 여섯 번 언저리를
물굽이여.
너의 화음으로 기어 돌아 흐르고
출렁이는가.

2

날빛 은광들이 바늘만한 길이로
아침을 재어 나르는 나의 식탁에서
정원의 분수가 길어올리는 음악에서
어느 수평의 너머 아래 놓인
미지의 폭풍을 부르고 홈 가는
내 사유의 손금들

한 단씩 놓아오는 구름의 층층대에서
노래는 확성하여
기어오르며
바람은 지목한다 나의 좌석을

놓아 보낸 풍선 위에
부정한 웃음들은
원색으로 불붙어 오르는데

가차이 앉은 나무들의 발설은
내안으로 쏟아지는 순금의 나방이
하나하나 살아나는 얼굴을 집중하여

아가피모, 나의 주제여.
예측을 강을 건너는 방안이여.

시방
햇무리의 일광들은
선사의 땅에 죽어간 그 여자의 내실에서
달아오르는 아픔을 누설하고
아는가,
나의 가슴 위 무명너비에 째인 슬픔을.

아아, 창 밖에 빗기는 모음의 우중에서
한 그루 번개의 뿌리마다

아가피모,

나의 얼굴은 균열하고 또 범람할 것이다.

3

머리엔

꽃숭어리 크기의 하늘이 열려

가끈 나의 뜨거운 눈물이 순수이기엔

원정이여

얼마나 가혹한 굽이 이룬 연대를

건너야 하는가.

왼손 식지가 아퍼들면서

저 빛과 향이 새어나오는

영원, 그 벽의 창인 별을 가르키어

뿌리는 지혜의 풀잎이기를

육감 하는가, 나의 새는.

(시문학, 1965.5)

# 합덕장 길에서

아침나절 읍내버스에 어김없이 장짐을 올려주곤 했다
차안으로 하루같이 그가 올려준 짐들은
보따리 보따리 어떤 세월들이었나
저자에 내다팔 채소와 곡식 등속의 낡은 보퉁이들을
외팔로 거뿐거뿐 들어 올리는
그의 또 다른 팔 없는 빈 소매는 헐렁한 6.25였다
그 시절 앞이 안 보이던 것은 뒤에 선 절량絶糧 탓일까
버스가 출발하면
뒤에 남은 그의 숱 듬성한 뒷머리가 희끗거렸다

그 사내가 얼마 전부터 보이지 않는다
깨빡치듯 생활 밑바닥을 통째 뒤집어엎었는지
아니면 생활이 앓니 빠지듯 불쑥 뽑혀 나갔는지
늙은 아낙과 대처로 간 자식들 올려놓기를
그만 이제 내려놓았는지
아침녘 버스가 그냥 지나친 휑한 정류장엔
차에 올리지 못한
보따리처럼 그가 없는 세상이 멍하니 버려져있다

읍내 쪽 그동안 그는 거기 가 올려놓았나
극지방 유빙流氷들처럼 드문드문 깨진 구름장들 틈새에
웬 장짐들로
푸른 하늘이 무진장 얹혀 있다

## 해, 늦저녁 해

1

동구가 무너지고 미테랑이 죽고
김일성이 죽었다

살 빠진 목에 밧줄 걸린
세기말의
그 제단에
지난날 우리들이 헌정한 저것은 한때는 길 넘게 몸묶어 집단으로 타오르고
이제는 변두리로 키 낮추며 낮게 기어서 잦는
식은 등걸불
이념의 숯 한 덩어리.

사람들이 박살난 차유리처럼 깨어진 자신들을 거짓말같이 들고 섰다
4중 충돌의 이성중심주의
레커차들이 경적을 방언을 울리며 넘어가고 있다.

쾌락에 모조품 쾌락을 덧댄
놀이에 플라스틱 성욕을 더 덧댄
젊은이들우
구원과 빛나는 넋의 일에는 등한한 채
히로뽕에 필로폰 더 덧댄

가제트 군계郡界를
넘어가고 있다

바람 든 무우 속처럼 사이버 스페이스 텅 비어 뚫 려 있다
한끝은 유기체의 슬픔에
한끝은 어디?
(아직도 나에게 대면 못한 슬픔과 황홀이?)
시간만이 빤히 내다보인다.

뒤처진 늦가을이
상수리나무에 남아서 후두둑후두둑
느닷없이 가격하는 호된 주먹들로 쏟아지는
늦치미 숲가에 나와서
올려다본 하늘
거름독 전더구니 숱한 구더기들처럼
열 식는 햇볕이
기어오르고 자빠져 내린다

2

징채를 거두자
손바닥에 굳은살 박히도록 치던 기교도 생각도 거두고

그날 중 제일 늦은 시간의 등짝에다 놋양푼만한 징을
걸머지우고
징채를 거두자
뉘우치거라 뉘우치거라
난타의 소리들 한 발씩 실자새에 실 감듯이 되감아
들이거나
끊어 내버리는
그렇게 몽혼약에 홀린 넋처럼
내면에 유폐당한
징판 닮은
늦저녁 해

얼마나 아린 후회와 아픔에 울궈져야 저리 붉게 뚫
어지는가
나자빠진 여자의 단혈丹穴처럼 몸이 온통 뚫어지는가

3

2기가바이트 청음 세포들이 내장된
모니터 화면에 망가진 속귀를 띄우고 반복 검색한다
드디어 극세한 소리 한 점
없는 곳에서 만난다
마음을 떠나
마음 없이 제 흥대로 떠도는.

POWER 끄고 잠시
달팽이관 속귀 고장 난 김선생과
대화 없이 녹차 마신다
그의 장벽에 소리 없이 천 톤 고요들이
밀려 내리고 밀려 내려가는 소리
비로소 뻘밭처럼
물 나간 삶이 하복부께 드러나고

양 날개 펴고 꼼짝없이 등 붙여
빙글빙글 맴도는
등에 진 지구를 정신 한마당을 감쪽같이 쓸어놓는
낯선 풍뎅이 한 마리 이제는 옥방처럼 갇힌
그의 망가진 속귀,
망가지기 전 속귀에 담긴
소리로 드러나고

나와 그를 이룩하는 것이 어찌 망가진 귀, 망가지기 전 귀의 부질없는 앎뿐이겠는가.
속에서 속으로
녹슨 뻘밭 하나로 연륙連陸된
무지가 광활한 것을 서로 대화 없이 본다.

# 추석날

추석秋夕엔 다 내려왔다 어디선가 기별도 없이 못 오는 아우
오는 길도 기다림도 모두 치우고
고만고만 쭈그리고 앉아 우리는 큰방에서 차례를 기다렸다.
눈이 작아 겁이 없던 아우를
깊은 어둠 속에 잘 숨던 그를
이야기하고 불편하나 한결같은 오와 열에, 한결같은 무언無言에
키 맞추고 있는 이 고장 논들도 이야기 하고.

마루에는 종가의 늙은 형이 제상을 보고 있다
깎아서 문중처럼 괴인 사과, 배, 감, 식혜, 산적……
우리는 개기開器에 앞서 서로의 형편 갈라서
시저 구르고 엎드렸다
숙이면 들리지 않는, 웬지 과거뿐인 큰 절.
축祝을 읽고
아헌과 종헌을 끝냈다.

마당가의 대추나무가
까치집 하나로
가슴이 다 헐려있다

잘 살겠다던, 외장外場으로나 떠돌던 젊은 날도
허옇게 마른 벼이삭 몇으로 꺾이고
사촌형들은
바짝바짝 집 쪽으로만 등 들이미는 텃논들로
뜻 없음을 만들어 살고 있다.

음복술에 취해 우리는 산을
가까운 선산을 돌았다
성미 빠른 밤나무들이 아랫도리를 벗어던진 채 있었다
그 나무들 사이 밤가시에 찔린 공기들이
딱딱 입 벌린 채 소리없이 소리 지르고 있다.
(기침해 발소리 좀 울려 너무 무기력뿐이야)

산소山所 몇 군데
南陽洪公之墓남양홍공지묘로
편안하게 끝이 나 있는 이들
얼마를 더 걸어가야 끝이 나는가
떠돌던 가이없음, 떠돌던 비겁함이
끝나서 이렇게 임야 몇 평으로 돌아오는가

돌아오며

우리는 떠날 일을 생각했다
낮 세시 차에 수원의 형이
출가한 누이가 떠났다
동네 하늘을 제 몫으로 나누어 가지고
떠도는 말잠자리들
추석이었다.

# 부도浮屠

죽으면 어디 강진만 갈밭쯤에나 가서
육괴肉塊는 벗어서
시장한 갯지렁이 시궁쥐들의 뱃속이나
소문 없이 채워주고
그래도 남는 것이 있으면
찬 뼈 두 낱 정도로 견디다가
언젠가는
그것도 다아
이름 없는 불개미떼나 미물들에게
툭툭 털어
벗어줄 일이지

쇠막대 울 앞
애꿎은 시누대들만 수척한 떼풀들 사이 끌려나와서
새파랗게 여우눈 맞고 있다.

# 어떤 가야산

시월 중순
쉬임없이 등 밝힌 질경이들
관광객들에게
예사롭게 부서진 등 내보이며 웃는다.
장경각藏經閣 판목板木의 경經은 보이지 않고
삭아서 시간이 되어
뚜껑 없는 천 칸 공간을
이곳에
비워 놓았다.

소낙비처럼 날리는 느릅나뭇잎들이 덮고 있다.
혼자서 살아왔던 일
출근부 작은 칸을 해진 살 기워 가며
비집고 다니던 일
그 일들이
오르고 내려가며
새삼 다시 만나서
손잡고 어깨 안고
이 절 밖에
더러는 지는 잎들이 뒷모습으로 앉아 있기도
더러는
마음 위에 예리한 발소리 그으며

덮고 다니기도…….

가슴 안에 가득히 울린다.
한 획 한 획 새겨놓은 축소된 일생이
나이 들어 큰 손 속에 덮어둔
꿈들이
보이지 않고 읽혀지지 않을 때
눈 비벼 바라보리라,
기댈 것 없는 누가
시력 안 좋은 누가
무료하게 글자 없는 공간을 더듬어 읽던
더듬대던 소리가
더 힘 있게 청명한 날씨로
그쳐 있는 것을.

어느 길은 사람들로 하여금 자기에 닿게 하고 아직 자기에
이르지 못한 것들로 하여금 우왕좌왕 몸놀려 숨게 하고
어느 길은 피해 가서 등성이로만 올라가 섰고
그 위의 잔광들, 체격 좋은 장정들은
둘러서서 메고 있다.
이 공간에
쉬임 없이 침묵으로 와서 부서지고

뒹구는 죽음을
죽음 아닌 더운 삶을.

어떤 가야산.

1965년-1966년 '시문학' '현대시학'에 「손」「음악」
「수풀이야기」「잊혀진 노래」「그리고 얼마나 여러 번」이 추천되어 등단.
시집 『그 겨울 이후』『탱자꽃 필 무렵』『남도사』 등과
동시집 『목기러기 날다』『꽃 발걸음 소리』『바퀴를 보면 굴리고 싶다』
『공룡이 뚜벅뚜벅』『아기 염소가 웃는 까닭』 등 펴냄.
대한민국문학상, 한국동시문학상, 한국시학상,
한국문협작가상. 예총예술문화상 등 수상.
현재  한국문인협회 아동문학분과 회장, 계몽아동문학회 회장.

오순택

# 닳아 없어질지언정 녹슬지는 않겠다
## –데뷔 시절

1965년 '시문학' 10월호에 시 「손」이 첫 추천되고, 1966년 3월호에 「음악」이 추천되어 문단에 데뷔했다. 그리고 「수풀이야기」「잊혀진 노래」「그리고 얼마나 여러 번」「하나의 본능이라고만 하기에는」 등의 시가 '현대시학'에 추천 신인작품으로 발표되었다. 그렇게 나는 전봉건 선생님의 첫 제자가 되었다.

"오순택 씨는 내가 '문학춘추'에 있을 때 만났던 사람입니다. 물론 오순택 씨가 동지同誌 추천제에 보내온 작품으로서. 당시에도 오순택 씨의 작품은 비교적 우수한 편이어서 능히 추천 선에 이르러 있었습니다. 그러나 역량 있는 이 신인이 보다 우수한 작품을 들고 나오기를 바라는 마음으로 일단 추천을 보류했었습니다. 이번에 여기 오순택 씨의 작품을 내놓으면서 하고 싶은 말은 자신을 가지고 풍부한 독창성으로 빛나는 작품을 들고 앞으로의 관문을 통과해 달라는 것입니다."

첫 추천 작품 「손」의 전봉건 선생님의 추천사이다.

*

나는 철들 무렵 우리 가족사를 알았다. 6.25의 소용돌이를 지나면서 가족이 해체되는 비극을 인지한 나의 20~30대는 무척 감당하기 어려운 시기였다. 그 탈출구는 오직 문학뿐이었다. 순천에서의 끝이 보이지 않은 긴 터널을 걸어가고 있을 때이다. 그 시기에 순천에는 소설가 김승옥(62년 한국일보 신춘문예 「생명연습」당선), 시인 허의녕(61년 사상계 「4월에 알아진 베꼬니아 꽃」 당선), 소설가 서정인(62년 사상계 「후송」 당선), 시인 문병란(59년 현대문학 시 추천), 희곡작가 정조(59년 조선일보 신춘문예 「도깨비」 당선) 선생으로부터 문학에 대한 열정을 배웠다. 이 모든 것이 나를 지탱해 준 버팀목이었다.

그 무렵 서정춘 박종구 오순택은 '새물결문학 동인회'를 결성하고 문단에 입성하기로 다짐한다. 서정춘은 「잠자리 날다」(68년 신아일보 신춘문예 시 당선), 박종구는 「은행잎 편지」(74년 경향신문 신춘문예 동화 당선)로 우리 세 사람 모두 화려하게 문단에 등단한다.

나는 우울했던, 그러나 잊을 수 없는 갈색 추억을 안겨 준 순천생활을 접고 광주에서 몇 해 지내다가 대구에 가서 잠깐 머물기도 했다. 그 무덥던 여름 대구에서 시인 양왕용, 이재행, 박해수, 장상태, 소설가 이채형 윤후명을 만났다. 그리고 단발머리 문학소녀 김옥기(수필가, 현재 미국 뉴욕 거주)도 그 여름에 만났다.

*

나의 주민등록표 원본 맨 첫 자리는 서울 서대문구 충정로 2가 22번지로 되어 있다. 1970년 서울 생활을 시작한 '현대시학' 주소이다. 강원도 양구에서의 군생활을 마치고 정착한 첫 직장이 전봉건 선생님이 창간한 현대시학사이다. 그 때 홍신선, 박제천, 한분순, 이건청, 박진환, 정지하, 이유경, 유승우, 이만근, 정원모 시인 등을 만났다.

*

1968년 1월 3일, 나는 전봉건 선생님을 처음 뵈었다. 1966년 추천을 받고 문단에 나왔으니 마땅히 찾아뵈었어야 했는데 그러하지 못했다. (컴컴한 긴 터널에서 해매고 있었기에.) 뒤늦게 군에 입대해 강원도 양구에 있을 때 특별 휴가를 내어 전봉건 선생님을 만나기 위해 서울에 왔다. 선생님이 일러 주신 대로 물어물어 찾아갔다. '여상' 잡지사가 아니었나 싶다. 선생님의 추천을 받고 2년 만에 뵌 것이다. 불충이다. 부모님은 나를 지구라는 별에 내려놓았고 전봉건 선생님은 오순택을 문단이라는 또 하나의 별에 보내 주었다. 닳아 없어질지언정 녹슬지는 않겠다고 다짐하며 오늘도 시詩를 쓰고 동시童詩를 쓴다.

# 등잔

너는

가슴속 심지를 꺼내

푸르스름한 불꽃을 피웠지.

뽀얀 얼굴 도톰한 몸으로

안방을 지키며

어머니와 함께

밤을 지새우기도 했지.

아버지의 기침 소리에

어머니가 밖으로 나갈 때는

몸을 바르르 떨던

너.

지금은

귀한 몸이 되어

민속박물관에 얌전히 앉아 있구나.

# 그 산은

비스듬히 누우며
둥긋한 자태 드러내는
산은
멀리서 바라보면
여인 같다.

아직 누구의 손도 닿지 않은
분홍 젖가슴.
고운 나이 처녀 같기도 하고
어찌 보면 펑퍼짐한 둔부 드러내고
아기를 잠재우고 있는
어머니 같기도 한
산.

산을 바라보고 있으면
괜스레 마음이 설레고
콩닥콩닥 가슴이 뛴다.

아까부터 산은
갈색 부리 박새를 품고
저녁 어스름 속으로
잘박잘박 걸어 들어간다.

# 바다 연가

쓸쓸할 땐
바다에 간다.

푸른 바다 물결을 차고 오르는
바다 새의 분홍 가슴 같이
하루가 아름답게
펼쳐지는 것 본다.

썩지 않기 위해
출렁이는 바다처럼

나도
바닷가에 닻을 내린
한 척의 배가 되어
흔들리며 살아간다.

# 음악

우리는 바닷가에서 살았다.

짭짤한 건반을 지그시 누르며
돌아오는 물결의 떼.

날개도 파닥거리지 못하는
우리는 새였다.

이윽고 눈도 멀어 버리자.
들리지도 않는다.

우리는 바닷가에서 돌아와
현관을 지긋이 열고

바다 냄새를 풍겨주고 있었다.

(1966. 2 '시문학')

# 그 겨울 이후

겨울나무들이 기다리고 있었지.
프로스트 마을처럼
채과를 마친 가지들이 손을 흔들고 있었지.

따다 남은 과일 한 알마저 또렷이 보인
과일나무 곁에서
우리는 오래오래 포옹했지.
철근 같은 팔뚝에 조여지는
쿵쿵 뛰는 가슴.
진한 꽃물이 들었는가.
빛나는 눈썹미 깨끗한 눈가에
한 알 이슬이 어리었지.

〈망가져도 좋아요.
그냥 이대로가 좋아요.〉

황혼녘 종소리에  깨어나는
빼마른 풀잎들의 귀를 밟으며
우리는 돌아왔었지.

그때 엄지손가락만한 굴뚝새 처마 끝에 숨고
순박한 호롱불 방문마다 켜지면
그윽하게 번져가는 겨울밤의 정수.
그 밤의 풍요를.

입가에 가느런 웃음 머금고
참귀목 통나무 귀만큼
감미한 향기 스스로의 안에 가득 채웠지.

곰곰이 생각했지 고개 나직이
가장 고운 꽃을 꺾는 일이란
누구에게나 주어진 것이 아니라는 것을.

아직은 갈구해야지.
나의 이 집중이 뿌리를 내릴 때까지 견디어야지.

그러나 제신이여.
천부의 재능을 가슴 깊숙이 싹트게 하시고
묵중한 목소리로 다스리소서.

그해에도 가장 고운 눈이 오는 저녁에
우리는 얼마나 할 일이 많았는가.
할 일이 많았는가.

겨울나무들은 기다리고 있었지.
프로스트 마을처럼
남은 과일 한 알마저
팥빛 반점 또렷이 보이면서.

# 기차를 타고 가며

산은 고운 선을 드러내며
여인처럼 눕고
새떼들도 잠을 자러 가는지
바삐 빈들을 가로질러 날고 있었다.
외딴 마을 동구 밖엔
저녁 어스름 어슬렁거리고
한 집 한 집 등燈이 걸린다.
이 겨울엔 기도와 그리움으로
마음은 더욱 설레는가.
더러는 잊어버리고 살아온 세월이
살 같이 지나가고
문득 만남과 헤어짐도
일순一瞬.
한 모금의 담배나
쓴 커피의 맛을 감지하며
언제나 가장 고운 일생을 꿈꾸고
흔들리며 조금 씩 흔들리며
산모퉁이를 감고 도는
기차를 타고 간다.

# 치과에서

내 비밀을 캐내세요.

당신은 나의 입술을 열었으니까요.

샘물은 퍼내도 퍼내도 청정淸淨하지요.

나의 이齒牙 사이에 고이는

물을 뱉었더니

향내가 나더군요.

꽃물이었어요.

썩었다고요.

그럼 뽑아야겠네요.

첫사랑 그 향내 나는

백옥白玉인데요.

나의 이를 보셨지요.

혀의 삽이 파내는

알몸의 흥건한 살이에요.

그래요 항상 젖어있어요.

아침에 입을 연 꽃잎은

오후에 입을 오므리지요.

당신은 아실 거예요.

나의 입술을 열었으니까요.

# 돌_전봉건 시인

비에 젖고 있었습니다.
먹돌은 말없이 비를 맞고 있었습니다.
비는 충청도 어느 강가에서 본듯한
먹돌을 만지고 있었습니다.
마침 잘 만났다는 듯이
먹돌의 입술을 적시고 속마음을 적십니다.
비에 젖으며 먹돌은
어느 강줄기로 물을 모아야할지 생각합니다.
먹돌은 몸에 강줄기를 내고
비를 모우기 시작합니다.

비에 젖고 있었습니다.
한옥은 쉼 없이 비를 맞고 있었습니다.
비는 기와의 속마음을 적시고 석가래도 적십니다.

충정로 2가 현대시학사.
삐걱이는 2층 계단을 오르면
낡은 의자에 시인은 앉아 있었습니다.
시인의 눈은 비에 젖고 있었습니다.
먹돌에다 강줄기를 내고 있었습니다.

# 귀

연둣빛 물이 든다.

나의 귀는

깨어나

향기로운 물푸레나무처럼

서 있다.

연한 목숨 곁에.

# 우리나라의 새

우리나라의 새는
악기입니다.

까치는 이른 아침
사립문에 꽃물 묻은
햇살을 물어다 놓고
까작 까작 까작
타악기 소리를 내고

실개천 말뚝에 앉은
털빛 고운 물총새는
돌 틈을 흐르는 물소리 같이
목관악기 소리를 냅니다.

가르마를 타듯
바람이 보리밭을 헤치고 지나가면
종달새는 피리소리를 내며
돌팔매질을 하듯
보리밭에 내려앉고

몸은 솔숲에 숨겨 놓고
꽃 같은 고운 목소리만
내어 보이고 있는 뻐꾸기는
금관악기입니다.

우리나라의 새는
예쁜 악기입니다.

1966년 6월 문덕수 시인 추천으로 '시문학' 등단.
'시와 시론' '상황' 동인.
베트남전쟁 연작시 「내가 가담하지 않은 전쟁」 발표.
시집 『유민流民』 『시는 시다』 『 삶에서 꿈으로』
『서서, 울고 싶은 날이 많다』 등,
산문집 『다음 생에 다시 만나고 싶은 시인을 찾아서』와
문명비평서 『그래도 20세기는 좋았다』 평전 『방정환 평전』 등 20여 권.
2014년 '시의 대중화운동을 위한 시 잡지 월간 '시' 창간.
현재 서울시인협회 회장, 유튜브 '문학방송' 채널 운영.

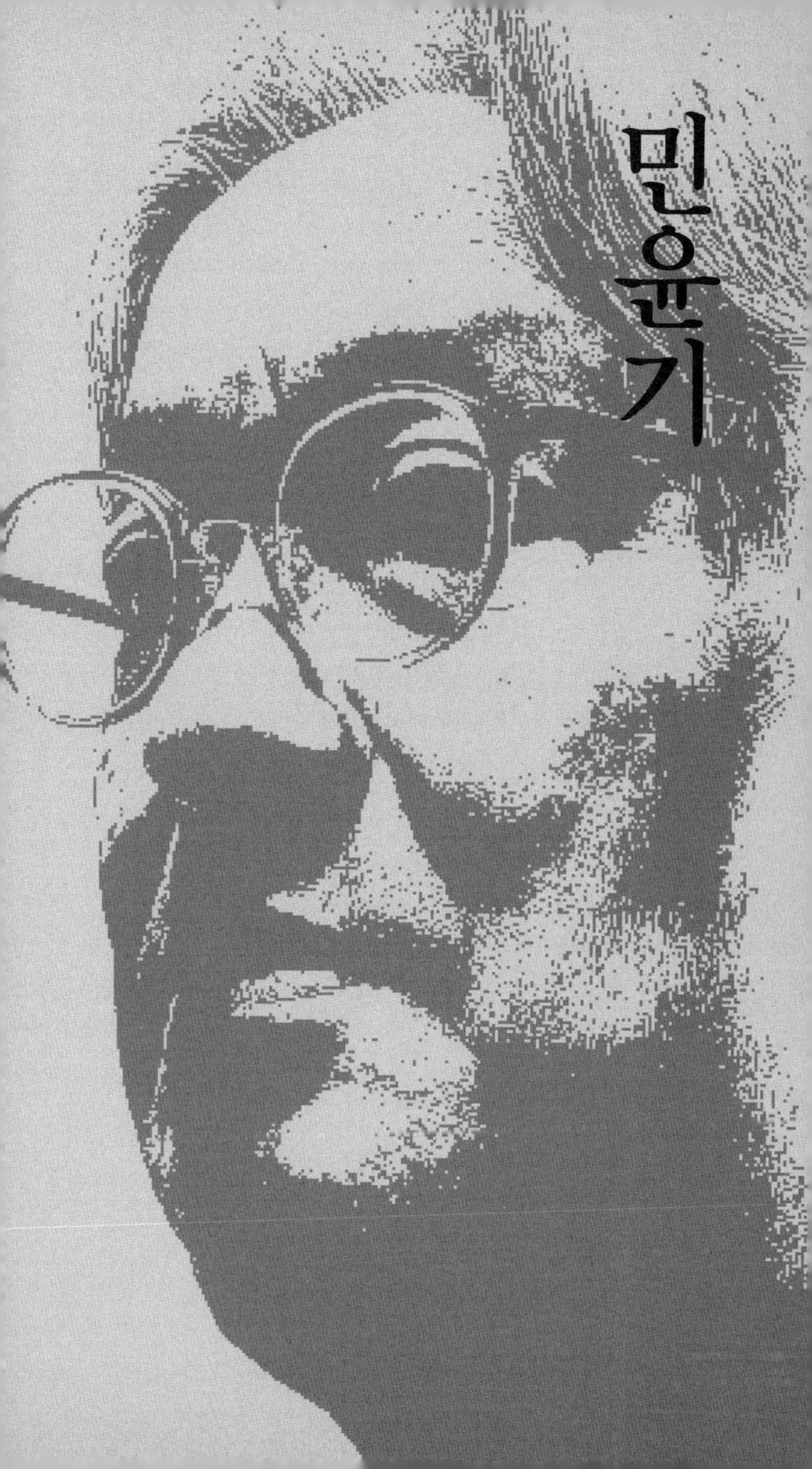
민윤기

# 헐, 이미 반半세기가 지났다

시 쓰기는 내 스스로 진 평생의 빚이자 숙제였다.
그래서 지금은 시를 잘 쓰지 못하는 대신 "시인은 시를
쓴다"는 명제를 내세우고 시 잡지를 만들고 있다. 실상
이 말은 남에게 권하는 말이 아니라 내 자신에게 늘
타이르는 말인 셈이다.

1966년 5월 '시문학'에서 문덕수 시인은 나를
추천하면서 "민군의 작품을 처음 한두 번 읽고서는
무슨 말인지 통 알 수가 없을 것이다. 우리가 생전
처음 보는 낯선 과일을 보았을 때 그 빛깔과 향기는
탐스러우나 그 속살을 먹을 수 있을지 의심하는 것과 꼭
같은 회의를 갖게 된다. 그러나 정신을 차려 읽어 보면,
그 신선하고 참신한 시각과 특이하고 당돌한 연상적
수법으로 이미지군群을 서로 연결해 나가고 있음을
알게 될 것이다. 무리하지 말고, 이 소중한 두 가지
재보財寶만이라도 아끼고 가꾸어 나간다면, 이것만으로도
충분히 우리 시단에 새로움을 보태게 될 것으로
믿는다."고 당부하셨다. 그런데도,
이 당부를 아직도 지키지 못한 채 50여 년을 탕진했다.
이 공동시집에 다른 시인들이, 신작 시와 함께 데뷔작과
대표작들을 분류해 여러 편 내놓으셨지만 나는 대표작을
고르지 못하고 데뷔작과 근작시와 신작시를 뒤섞어
소개하고 만 것이다.

순전히 개인적인 이유, 비겁한 이유로, 30년 가까이
문학적 절필 상태로 지냈다. 그 대신 생업에 몰두해
잡지를 만들기도 하고 출판사를 운영하기도 하고
언론사에 종사하기도 했다. 그 기간에는 시들을 써서
서랍 속에 처넣어 방치했다. 그러다가 2008년부터
다시 시를 발표하기 시작했다. 오세훈 서울시장 시절
서울시 문화관광디자인부 위촉으로 수도권 지하철 시를
관리하게 되면서부터이다. 이 작업을 하면서 "시는 쉽게
써야 하고 시에다 시대를 담아야겠다"고 작정했다.

젊은 시절, 비로소 고백하지만 나는 굴원屈原과
김시습金時習, 이 상李箱과 김기림에 몰두했었다.
2010년 이후 지하철 시 관리용역과 월간시잡지 '시'를
만들면서부터는 윤동주와 박인환, 그리고 최근에는
러시아의 마야코프스키 등에 관심이 깊어지고 있다.
더 용감하고, 더 파격적이고, 더 몰두하는 시인이 되고
싶다는 생각을 품으면서…. 특히 2017년 벽두부터
"윤동주100년의 해"를 선포하는 행사를 치른 후
한 해 내내 윤동주의 시정신을 널리 퍼뜨린답시고
동분서주하다가 10권짜리 문고판 시집을 읽은 후로는
러시아 혁명에 참여했던 블라디미르 마야코프스키의
삶에서 큰 충격을 받고 있는 중이다.

# 틈
–아이다* 연작시 1

분노 한 움큼쯤은 감추고 살자
우리는 별을 가리켰고 당신은 꽃을 주었다
별똥별인지도 모른다 우리는 비로소
세차게 흐르는 강으로 뛰어들 수 있다

깊은 바다에는 가까이 가지 말자
축축하게 젖은 성냥개비로도 불을 붙일 수 있다

빈틈 없는 사람 되려고 하지 말자
단추 꼭꼭 채우고 얼른 지퍼 올리려고 고생하지 않는다
하늘과 땅 사람과 사람 빈틈이 있으면 어떠랴
가로세로 아귀 딱 맞추고
방풍 방음 직각 네모 편견의 칸 만들지 않는다

열매만 따려고 하지 말자
아이다! 삽으로 땅부터 판다

심장에 불 지르지 말자
물봉선 그늘에 떨어진 홍시에 바람이 든다
더하기는 어렵다 뺄셈이 더 어렵다
아이다! 소설책은 첫 장부터 읽지 말자

*'아니다'의 경상도 사투리

# 때
–아이다 연작시 3

다 때가 있다는 말 믿지 마라

꽃이 필 때 지는 꽃이 있다
꽃이 질 때 피는 꽃도 있다
어떤 꽃은 뜨거운 태양으로 자라고
어떤 꽃은 태양을 피해 눅눅한
응달에서 핀다

퇴직할 나이에 취직하는 사람이 있다
취직할 나이에 퇴직하는 사람도 있다

때가 되지 않아도
귀는 순해지고 눈은 어두워진다
머리는 가벼워지고 발은 무거워진다
말은 적어지고 목은 미워진다
그리고 이빨은 숭숭 빠지고
입은 착해진다

다 때가 있다는 말 믿지 마라

# 세종대왕 어전회의
## –아이다 연작시 4

광화문에서는 매일 세종임금 어전회의다
국무총리 황희, 경제부총리 정약용,
교육부총리 이퇴계, 국방부장관 이율곡, 해군장관 이순신, 육군장관 권율
다 모였다 이제 국정을 의논합시다 네 폐하
내시 같은 참모들에게 둘러싸여 있으면 나라가 끝장이다
입에 착착 달라붙는 듣기 좋은 소리는 독이다
듣고 싶은 건 도승지가 써준 메모가 아이다! 폐하
나라곳간으로 도탄에 빠진 백성들 살릴 수 없다 폐하

광화문에서는 매주 태극기 집회다
삼일독립운동 때 들었던 태극기다
만민공동회처럼 열린다 신문고를 두드린다
그럼 막 나가자는 거죠 외눈박이는 이제 끌어내자
해는 져서 어두운데 갈 길은 멀구나

무엇이 두려운가요?
잘못 접어든 길도 길이라구요?
드러운 죄목 뒤집어씌우고도
소신에겐 열두 척의 배가 있습니다를
기대하고 계시나요 폐하

# 의지판매점義肢販賣店

상복喪服을 입고
나는 구경하고 있었네

오월에도 우울하게 비는 내리고
서소문동 고개 너머
의지판매점 속의
정찰표를 붙인 손가락들의
유희遊戲, 불안한 부채춤을.

친구여, 아는가
나에게서 눈짓 어색하게 나의 이웃들이 멀어져갈 때
속의 가슴은 무너지고 있었네
전송 나온 오월의
비 내리는 날은 우산을 받고
보라, 하늘을 일식日蝕 속의 해,
누구의 일주기一週忌일까
가벼운 바람의 조화弔花 나부끼는
날日빛 환한 선어鮮魚의 아침에
나는 한밤 내 치통을 앓았다
어느 여름의 습지에서
손톱 마디마다 서걱이는 골격이여.

저문 날의 병사들은

목발을 짚으며 걸어왔다
목수들은 자르고 있다
활엽수의 재목들을, 친구여
의지판매점 속의
손금 늘어가는 여윈 손가락들의
가락 흩어진 줄絃의 곡조를 뜯으면서, 아는가
그래도 시끄러운 세기의 오한惡寒
누구의 은혜인가를.

햇살 받아 모은 내력
내 분장扮裝의 껍질을 한 겹씩 벗겨 가면
나는 아름다워질까
누구나 분장을 하고 있다
서로 모르는 거리의
혈관 속의 금은金銀 실을 짜면서도.

나는 구경하고 있었네
서소문동 고개 너머
의지판매점 속
손의 유희를.

(1966.5 시문학)

# 시인의 나라

시에도 세금이 붙습니다
시에도 헌법이 생겼습니다
시를 쓰기 위해 밤을 새는 시인에게는
과태료를 받습니다

시를 낭비하지 마세요
가중처벌을 받습니다

어둡다,는 말에서 어둠이
무섭다,는 말에서 무서움이
괴롭다,에서 괴로움이 되는
간단명료한 수사법으로만 시를 가지세요
우리들의 한글자모로도 다 말하지 못하는
눈뜸의 소리, 기다림의 몸짓도 있답니다

시인의 마을 어귀에는
"이곳은 사치스러운 말을 많이 쓰는 특별지구
입니다"라는
팻말을 붙이세요

이제 시인들은 시를 청소하러 나가세요
쓰레기는 우리 몫, 시는 하느님의 몫이지요?

## 사랑하자

오늘, 지금, 당장,
마음 변하는 거
두려워하지 말고
사랑하자

이 세상 가장 먼 곳으로 여행 떠나는 날
희미한 시야 속에 내 모습 바라보며
식어가는 내 가슴 위 손을 얹고
눈물 흘릴 사람 그대여,

사랑하자
미움도 양념처럼
실망도 조미료처럼
우리 인생 서로 간 맞추고
요리해가며

# 시詩여 간통을 하자

사랑한다
사랑한다
고 말하며 사랑하지 못하고 있다

죄를 짓지 않고 어떻게 사랑을 하랴
사랑은 그 자체가 죄
일생은커녕 단 몇 순간도
지켜 주지 못하면서 사랑한다
고 속이고 있다

시를 쓴다
시를 쓴다
고 언어만 낭비하고 있다

아름다운 꽃 한 송이
나뭇잎 위 이슬방울 하나
석양의 노을, 아침 파도의 경이로움 같은
풍경이 시라며 평생을 탕진하였다

시여, 간통을 하자
행복이라는 이름의 안방을 뛰쳐나와
인문학이라는 이름의 문지방을 넘자

철학은 무슨 개코 똥구멍이냐

지저분한 지하도 계단에서
시린 발 배고픈 거 잊으려고 잠만 자는 이를 위하여
초고층 빌딩 투신하려고 올라가는 이를 위하여
헤일 수 없이 얼마나 울었던가 동백아가씨
노래 부르는 대사관 앞 할머니들을 위하여

시여, 간통을 하자
가짜 사랑은 말고
세상에는 없는 행복일랑 걷어차 버리자
호숫가 피어오르는 물안개 따위는 잊자

사랑한다
시를 쓴다
고 말하는 대신
껴안자 껴안자
앞에서든 뒤에서든
시대와
사람을

## 행복
–노숙자 김씨*

저녁에 돌아갈 집이 있는 사람은 행복하겠다
방안에는 집밥 냄새 가득하고
빨랫줄에는 속옷들이 뽀송뽀송하겠다
웬수 덩어리 귀신은 뭐하길래 안 잡아가누 하며
고단하게 잠든 마누라 얼굴에는 삶의 신호등 같은
암호가 적혀 있겠다

아침에 갈 곳이 있는 사람은 행복하겠다
쥐꼬리 같은 수입이라고 자책하지 마라
로또 대박이나 꿈꾸며 짜증나는 꼰대들 틈에서
때문에 때문에 때문에 네 탓 세상 탓 궁시렁거리더라도
할 일 있으니 그게 살 맛이겠다

안부 물어오는 친구 한 명이라도 있는
사람은 행복하겠다
뭐해? 괜찮냐? 궁금해서 보낸 거니까 신경 쓰지 마
이딴 문자 별 내용 아니라고 걍 씹지 마라
작은 관심이 사랑이니
그 사랑이 바로 네 구원천사다

*서울역 앞 지하도에서 옛 초등학교 동창을 만났다.

# 자본주의 치킨

1
날갯짓 한 번 못해 보고 죽었어요
억울해요

하느님이 주신 수명은 십 년도 넘는데
달랑 삼십 일만에 생애를 끝냈다구요.
인간의 한 끼 탐욕 한 끼 미식을 위해
야들야들한 최적의 식감을 위해
염지鹽漬 처리 잘 된 육백 그램 8호* 신분으로
케이에프씨 비비큐 교촌 호식이는
홀딱 벗은 알몸으로 식탁 위에 올랐어요

아 맛있다 양념치킨
군침이 돈다 후라이드 치킨

날갯살부터 골라잡는 여러분
기름투성이 튀김옷 입은 시체라도 괜찮으시다면
마음껏 처먹으십시오
생닭들이 외치고 있어요

2
치킨은 살 안 쪄요

이런 거짓말에 속아
지금 맛있게 뜯고 있는 치킨 한 조각은

이십사 시간 내내 인공조명 인공사료 덕분에
초스피드 통통 살이 찐 육계가 되어 살신했어요

근육은 없어요
촌닭들처럼 집안팎 마음껏 뛰어 보지도 못하고
평생 에이포 용지 한 장 크기만한
무창無窓 계사 공간에서
똥냄새 화학약품 냄새 계사에 갇혀서
날갯짓 한 번 못해 보고
모래 목욕 한 번 못해 보고
실신했어요 삼 초만에

치킨은 살 안 쪄요
지금 맛있게 뜯고 있는 치킨은
살쪄요

*치킨 집에 납품되는 염지닭 규격. 생후 30일쯤의 염지닭.

## 신춘문예

사무실 책상 서랍을 열었더니 밤새 갇혀 있던 말들이 튀어나온다

세상 모든 곳으로 갈 수 있는 방법이 있다고 믿을 수는 없다

무엇인가 방안으로 비집고 들어온다 틈이 있는 줄 몰랐구나

아아, 시간의 주름살이여, 내 삶은 말馬동작 같은 춤 속에서 늙고 있다

날것을 더 좋아하는 비평가들이 사유의 시체를 구워 먹으라고 시끄럽다

우체통보다 여행가방이 크구나

이젠 그 가방을 비우고 떠나야 할까보다

경북대 사대 국어교육과, 동대학원 국문학과 졸업(문학박사).
65-66년 대학 재학 중 김춘수 시인 3회 추천 '시문학'으로 데뷔.
부산대 사대 국어교육과 교수 역임.
시집 『갈라지는 바다』 『달빛으로 일어서는 강물』
『여름밤의 꿈』 『섬 가운데의 바다』 『버리기, 그리고 찾아보기』
『로마로 가는 길에 금정산을 만나다』 『백두산에서 해운대 바라본다』
『천사의 도시, 그리고 눈의 나라』 등.
평론집 『한국근대시연구』 『정지용시연구』 『한국현대시와 디아스포라』 등 다수.
시문학상, 한국크리스천문학상, 설송문학상, 부산시문화상,
한국장로문학상, 부산시인협회상, 한국예총예술문화대상, 상록수문학상 등 다수 수
현재 부산대학교 명예교수.
한국현대시인협회 부이사장, 동북아기독교작가회의 한국측 부회장

양왕용

# 유년기의 체험에서 궁극적 관심으로
## –나의 시 나의 언어

나의 시 가운데 메타시 즉 '시론으로서의 시'들이 여러 편 있다. 제1시집 『갈라지는 바다』(1975)에 수록된 「나의 시」 연작 8편, 제4시집 『버리기, 그리고 찾아보기』(1999)에 수록된 「다시 나의 시」 연작 8편, 제6시집 『백두산에서 해운대 바라본다』(2014)의 「죽은 시인의 사회」라는 소제목의 연작시 13편으로 도합 29편이나 된다.

제1시집에 수록된 연작시 8편의 경우는 주로 내 시의 상상력의 원천이 된 유년 시절의 추억들을 비유 가운데 은유를 사용하여 시창작의 방법론을 실험한 작품이다. 이 방법론에 따라 지속적으로 시작활동을 하여 제2시집 『달빛으로 일어서는 강물』(1981)에서는 문명을 비판하면서 원시 세계를 동경하는 시편을 주로 수록하였고, 제3시집 『섬 가운데의 바다』(1990)에는 유년 시절의 추억들을 순차적으로 형상화한 작품들을 수록하였다.

제4시집에 수록된 연작시 8편은 1980년대 후반부터 1990년대 초반에 씌어졌다. 1979년 유신정권이 무너지고 나서 기대한 서울의 봄은 오지 않고 신군부정권이 들어서고 나서 대학가의 운동권의 양상은 변하기 시작했다. 민주회복이라는 과거의 동일한 구호와는 달리 NL계와 PD로 분화되어 통일과

민중이라는 다른 이념을 놓고 좌편향 경쟁을 벌인 결과, 1986년 10월 28일부터 4일 동안 벌어진 세칭 '건국대 사태'를 계기로 오늘날 문제가 된 종북 좌파가 등장하였다. 이때부터 나는 일부 운동권의 친북적이고 통일 지상주의적인 성향을 우려하기 시작하였다. 그리고 통일 이후에도 우리의 문제가 되는 것은 무엇일까? 하는 질문의 답을 찾는 데 고민하기 시작했다. 그 결과 문화신학자 틸리히(Paul Johannes Tillich)의 용어인 '궁극적 관심'(Ultimate Concern)이라는 답을 찾았다. 말하자면 모든 인류 개개인의 최대 최후의 관심사인 죽음 이후의 문제인 것이다. 달리 표현하면 각자가 가지고 있는 신앙이다. 따라서 1990년대 이후의 나의 시의 지속적 관심은 나의 신앙인 하나님의 역사하심이다.

제4시집 『버리기 그리고 찾아보기』의 제2부에 수록된 연작시 「버리기」 13편과 제3부 「찾아보기」 12편은 이러한 나의 관심을 구체적으로 보여준 작품들이다. 성경을 패러디한 시편이나 민주화가 좌절된 현실을 인식한 시편 속에서도 나는 하나님의 역사하심과 낙관적 미래를 통하여 궁극적 관심에 집중하였다.

내 나이 50이 된 1993년 미국 유타주 북부의 로간 시의 유타주립대학교에 1월부터 8월까지 방문교수로 머물게 되었다. 그 중 6월에는 내가 로간에서 출석하던 교회의 교단 총회가 이탈리아의 로마에서 열려 교회 대표로 목사님과 함께 우리 부부가 총회에 참석하면서 15일 동안 유럽 여행을 하였다. 이때의 체험을 바탕으로 제5시집 『로마로 가는 길에 금정산을 만나다』(2006)를 엮었다. 이 시집에 수록된 연작시 「로마로 가는 길」 39편에서는 유럽여행 체험에서 발견한 하나님의 역사하심이 형상화 되어 있다.

제6시집의 제1부 「백두산 가는 길」은 여러 해 전에 다녀온 백두산 여행과 금강산 그리고, 개성 방문 체험을 바탕으로 엮었다. 이곳에서는 분단의 아픔과 중국의 동북공정의 저의를 비판하는 거대 담론을 기독교적 세계관으로 표출하였다. 제2부 「해운대 밤 풍경」은 30년 넘게 산 부산의 진산인 금정산 기슭을 떠나 2003년부터 살고 있는 해운대 시편과 귀향 시편, 그리고 국내여행 체험이 주를 이루고 있다. 제3부 「우리 집의 하얀 천사」는 12세인 손녀의 자라는 모습이 제재가 되었다. 이 작품들은 손녀의 자라는 모습에서 하나님의 역사하심을 발견하게 된 또 다른 나의 신앙고백이다. 제4부 「죽은 시인의 사회」는 시와 시인이 지극히 소외되고 있는 현실을 풍자한 메타시이다. 마지막 제5부 「다시 세 개의 못」은 기독교 신앙의 중요한 덕목인 믿음, 소망, 사랑 등을  직접 제목으로 노출시킨 시이다. 어쩌면 이것은 일종의 경우의 시(an occasional poem) 즉 목적시일지도 모른다. 그러나 기도와 간증과는 다른 내 나름으로 사물화 한 신앙고백이다.

2009년 2월 말 33년 동안 근무한 부산대학교 국어교육과를 정년퇴임한 후에는 자유로운 몸이 되어 역시 30여 년 간의 중등교직에서 정년퇴임한 아내와 같이 주로 미국 ,그것도 자유여행을 많이 했다. 그 가운데 가장 뜻깊은 여행은 큰 아들이 10년 동안 몇 군데를 옮겨 다니던 대기업의 직장생활을 청산한 후 L.A에서 대중음악 공부를 하게 되고 그를 뒷바라지하면서 미국계 컨설팅 회사 한국 지사에서 L.A지사로 옮긴 큰 며느리가 살고 있는 L.A를 방문한 2011년 11월 5일부터 2012년 1월 9일까지의 장기 체류였다. 우리 기족들은 2개월 조금 넘게 머무는 동안 11월 23~27일 추수감사절 기간에는 샌프란시스코 인근에 있는 나파벨리 와이너리 투어를 다녀왔고, 12월 16-26일 크리스마스 휴가 기간에는 캘리포니아 내륙과 20년 전에 머문 유타 주를 다녀왔다. 귀국 후에는  이때의 체험을 49편의 시로 발표하였다. 그런 후 2017년 12월 제7시집 『천사의 도시, 그리고 눈의 나라』를 엮었다. 큰 며느리가 찍은 사진을 간간이 넣고, 평론가의 해설 대신 지금은 대중음악가와 어행작가의 길을 걷고 있는 큰 아들의 발문을 붙인 일종의 가족

시집의 성격이라고 할 수 있다. 여행 기간 동안이나 미국 체류기간 내내 우리 식구들을 사랑하시는 하나님의 역사하심을 많이 체험하였다.

2018년 이후 지금까지는 '궁극적 관심'으로 일관하기 위하여 성경을 읽고 그에 대한 묵상의 결과를 시로 쓰고 있다. '열두 시' 동인들과 같이 구약성경 〈창세기〉부터 〈룻기〉까지 묵상한 결실로 동인지를 3권 엮었고 4권을 준비하고 있다. 그리고 개인적으로는 〈산상수훈〉(마태복음5장~7장) 묵상시편들을 계속 쓰고 있다. 아마 제8시집은 이러한 묵상시편으로 엮어질 것 같다. 앞으로 얼마나 더 시를 쓰게 될지는 알 수 없으나 이스라엘 성지 순례를 한 후에 연작시 5편을 쓰고 중단한 〈바울 평전〉 시편의 완성과 끝까지 묵상시편을 계속 쓰겠다는 다짐을 한다.

## 보도블록 사이의 민들레
-땅의 노래 4

세상은 온통 시멘트로 덮혀가고
그것도 모자라
사람들 단단한 보도블록으로
그대 압박하는데
나는 문득 그 사이로
비집고 나온 민들레 발견한다.
고맙다 그대.
얼마나 민들레 홑씨 사랑해
끝내 싹 트게 하고
여자들의 산고보다 더 아픈
아픔으로 땅 위로 내보냈을까?
혹시 꽃피기 전
사람들의 발에 짓밟혀
무참히 사라지지는 않을까?
노심초사하며 기다린 나날
드디어 꽃까지 피우고 만
민들레
오 하나님! 감사합니다.
기도하고 있을

그대 생각하면

광복된 대한민국 밟으며

그대에게

입맞춤한 독립운동가처럼

보도블록 파내 내던지고

그대와 입맞춤 하고 싶다.

오 민들레! 하며

민들레에게도 입맞춤 하고 싶다.

## 마음이 청결한 자
–산상 수훈 묵상 6

마음이 청결하면
하나님을 볼 것이라고
당신께서 가르치셨는데
아직 나는 하나님을 못 보았으니
왜 이리 마음이 더러운가?
도대체 언제쯤
마음이 청결해질 것인가
회개하고 또 회개한다.
보여주세요. 보여주세요.
입으로 기도하면서도
막상 마음은 세탁하지 못하는
이 보잘 것 없는
나는 도대체 누구인가?
남들에게 나쁜 짓 하지 않고
거짓말 안 한지 오래인데도
도무지 보여주지 않는
당신 수준의 청결함을 찾아
오늘도
산과 들판 그리고 바닷가를

헤매다가

남이 아니라 나를 속이고 있는

또 다른 나를

비로소 알게 되어

사도 바울처럼

오호라 곤고한 사람이로다.

자책하면서

회개하고 또 회개한다.

# 세상의 소금
## -산상수훈 묵상 10

우리를 그냥 소금이 아니고
세상의 소금이라 하신
당신의 뜻 생각합니다.
서해 바다물이
당신과 우리 모두의 아버지께서
보내주신 햇볕으로 만들어진
그 소금
포대에 담겨져
우리 집에도 배달되어
갖가지 요리에 맛 낼 날만 기다리는
그 소금이 아니라
우리를 세상의 소금이라 하신
당신의 뜻 생각합니다.
우리가 집이나 예배당 안에서만
당신께서 주신 사랑 노래로
행복한 맛내기에만 열심이면
어찌 세상의 소금이겠습니까?
온갖 불의와 거짓 그리고 폭압의
이 시대에

정의와 진실과 평화의 맛내면서
썩은 냄새 추방하기 위해
이 세상 곳곳에 뿌려지고 또 뿌려지는
그 소금이 바로 세상의 소금이겠지요?
그래서
우리를 세상의 소금이라 하셨지요?

# 갈라지는 바다

새벽에 두 손 벌려 다가오는
알몸뚱이
내 침실에 찬물 쏟고
지느러미의 칼날 같은 파동波動에
햇빛으로 부딪쳐 토막난다.
관능의 이 물체들은
때 묻은 자세로 춤추다가
하이얀 해변에서 숨죽인다.
음악과 철학이 난파難破하여
하부下部 구조부터 변질하여 온다는
그 해변이다.
조각조각 밀려오는 난파물難破物들은
모래톱을 지나
해일과 더불어
뭍으로 침범할 기회를 엿본다.
두개골 사이의 뇌장腦漿은
변질의 구조를 거역하고
알콜의 공급만 기다리가 지쳐
목이 긴 사슴이다.
바람이 부는 날
뇌장腦漿은 사랑으로 침몰된다.
수평선이 흐려지면

추상화가들이 몰려와
물감을 자유自由로 짓이겨 창작하고
넓은 아트리에에서 커피도 마시며
잠도 잔다.
번쩍이는 예지叡智의 눈초리는
이 날에도
갈라지는 바다를 응시하고
낮달이 걸린 가교 위에는
감성과 지성이 손잡아
흔들흔들 걷고 있다.
갈라지는 바다는
어두운 그믐밤이라도
태양 아래라도
갈라지는 순간
표정을 잃어버린다.
진실을 잃어버린다.
증오도 희열도…….
흔들거리는 가교의 그림자도.

(1965.7 '시문학' 1회 추천)

# 3월의 바람

아직도
겨울 그리자가 드리워진
내실內室 가운데서
3월의 바람은
일어선다.
지중해를 건너온 빗방울을
머금고
텅 비었던 화병花甁의 가슴을
가득 채워준다.
화병의 학鶴은 모른 척
외다리로 구름을 본다.
삭막한 식탁 위에는
그 동안
나이프와 빈 쟁반이 외로웠다.
손님들은
문 밖에서 기침만으로 서성대며
녹크할 기운마저 잃고 있었다.
방 안에는
이 처럼 큰 사태가 일고 있는데
문 밖의 손님들은
기침노 상실한 채
3월의 바람은

외로워진다.
빈 쟁반에 담길
새로운 과일은
외로워지는 이 바람의
가슴 속에서
아직 나오지 않는다.
따스한 젖무덤 속에서
그들의 꿈을 꾸면서 있다.
꼭 채인 회병의
학鶴이나
내실 밖의 무표정한 손님들은
이들의 꿈을 모른다.
3월의 바람은
외로운 채로
문 밖에다 귀를 보낸다.
차츰 뜨거워지는 과일을 감각感覺하며
나이프와 빈 쟁반이 놓인
식탁을 바라본다.

(1966.7 '시문학' 3회 추천완료)

# 바다

내면內面을 드러낸 바다가

울고 있다.

먼 안개의 시계視界 끝에서

알몸으로 다가오는

어둠의 그림자.

무너져라. 무너져라.

저주의 소리와 함께

문명文明을 붕괴시키고 있다.

# 도회都會의 아이들 2

시가市街로 통하는
강물에 실려 보낼까?
철책 밖으로 내동댕이친
세발자전거 주어
녹슬은 동체
비늘처럼 벗기면서
부서진 로봇트와 기관총도
실려 보낼까?
여름에 훔쳐온 개울물 소리
강바닥에서 들려오는데
뱃전은
왜 이렇게 축축해질까?
그것도 검붉어지는데
빌딩과 공장
모두 무너지는군.
개울물소리와 함께
잠자리채와 반딧불들
강바닥까지 씻어내는데
풀밭에서 먹던
수박과 참외 떠내려 오는군.
저것들 들고

바람난 버스 달려오면
한 손으로 쳐 갈기고
횡단보도나 건널까?

# 달려가면서 보는 바다

섬이 달려간다.
섬 가운데의 산들이 달려간다.
산마루 위의 나도 달려간다.
그래도
언제나 저 아래 쪽 바위에다
몸 부딪치며 손짓만 하고 있는
그대는
나에게 무엇인가?
산 너머 육지 쪽에 간혹 걸리는
무지개와는 달리
울음소리도 내고
웃을 때마다 흰 이빨 보이는
그대는
나에게 도대체 무엇인가?
한낮의 모래밭에서 그을린
몸뚱어리도 아니고
밤마다 날아다니며
살아 있음 보여주는 반딧불도 아니면서
달려도 달려도
와락 나에게로 안겨오지 않는
그대는
나에게 참으로 무엇인가?

# 다시 나의 시詩 1

판문점板門店도 사라지고
휴전선도 사라지고
그러고도 한참 뒤에도 사라지지 않을
우리들의 문제는 무엇일까?
여러 밤을 뜬눈으로 지새고도
끝내 풀 수 없는
그러한 문제는 무엇일까?
돌아오지 않는 다리
다시 이어진 대동강大同江 다리
모두 손잡고 건널 때에도
우리들의 머리 속을 떠나지 않을
검은 그림자의 정체는 무엇일까?
오늘도
나의 시는 이 물음의 해답을 찾아
광복동 거리나
태평로太平路 한복판을 서성거린다.
물어도 물어도
모습 드러내지 않는
그 문제는 도대체 무엇일까?

# 다시 세 개의 못

낡은 옷 입고
파이프 오르간과 그랜드 피아노 놓인
예배당 한쪽 구석에 앉아 계신
당신
엉뚱하게 붙잡아
세 개의 못으로
십자가에 못 박는다.
돈 많이 벌어
이 땅에서
잘 먹고 잘 살고 싶은 못.
높은 자리에
오래 오래 앉아 싶은 못.
단지 사람에게
'주여 주여' 하며 매달리는
분별력 잃어버린 또 다른 못.
이들 세 개의 못으로
쾅쾅 못 박는다.
아, 슬프고 슬픈
이 시대의 당신.
세 개의 못 모두 뽑아내시고

다시 부활하소서.

눈 뜬 봉사가 된 우리의 눈

그대만 가지신 레이즈 광선으로

개안 수술하소서.

슬프고  슬픈

이 시대의 당신.

1965년 '시문학' '2회 추천'.
'잉여촌' '시와 자유' 동인.
시집 『파도꽃잎』 『시간박물관』 『떠다니는 말뚝』
『단풍 드는 나이』 등 13권.
부산시문화상, 김민부문학상, 한국현대시인상, 부산펜문학상 등 수상.
현재 부산문인협회 고문, 부산작가회의 고문.

이상개

# 구맹주산狗猛酒酸

러시아 소치에서 벌어진 동계올림픽 소식들이 방영되는 TV를 시청하다 문득 벽면을 보니 며칠 전 시사만화가 안화백이 써주고 간 사자성어가 눈에 들어온다.

구맹주산狗猛酒酸. 한비자韓非子 외저설우하外儲說右下 편에 나오는 말이다. 글자 그대로 해석하면 '개가 사나우면 술이 시어진다'는 뜻이 되지만 간신奸臣이 있으면 주변에 사람이 모이지 않는다는 말로 쓰인다. 우리와는 아무 관계가 없을 법 하지만 긴밀한 인간관계를 비유할 때 쓰이는 말이다.

즉 개가 사나우면 술이 시어지고 나라에 간신배가 있으면 어진 신하가 모이지 않으며 군주가 위협을 받아 어질고 정치를 잘 하는 선비가 기용되지 못하는 이유에 대해 한비자는 비유를 들어 설명했다.

춘추시대 송나라 사람으로 술을 파는 장씨가 있었다. 술을 팔 때 속이지도 않았고 손님을 공손히 대했으며 술을 빚는 방법도 훌륭했다. 그런데 주막이란 깃발을 걸어놨으나 술을 사가는 사람이 없어 늘 시어빠졌다. 도무지 그 이유를 알 수가 없던 그는 마을 어른 양천에게 이유를 물었다. 그러자 양천의 대답은 개가 사납다는 것이었다. 술집 주인은 개가 사나운 것과 술이 팔리지 않는 것이 무슨 관계가 있느냐고 되물었다. 양천의 대답은 이러했다.

"사람들이 두려워하기 때문이지요. 어떤 사람이 어린 자식을 시켜 돈을 주어 호리병에 술을 받아오게 하였는데, 개가 달려와서 그 아이를 물었던 것이오. 이것이 술이 시큼해지고 팔리지 않는 이유요."

그 집 술맛이 아무리 맛이 좋다한들 술집 입구에 사나운 개가 버티고 있다면 손님들이 꺼릴 수밖에 없을 것이고 자연히 매상이 떨어지기 마련이다. 이렇게 어렵고 힘들어서야 누가 드나들겠는가. 한 나라를 경영하는 군주도 마찬가지. 나라를 잘 다스릴 수 있는 정책을 어진 신하가 아무리 옳고 바른 정책을 제안해도 조정 안에 사나운 개 같은 간신배가 버티고 있다면 채택이 불가능할 것이 뻔하다. 기업도 마찬가지.

좋은 상품과 서비스로 훌륭하게 경영을 한다 해도 불친절하고 신용이 없다면 회사를 곤경에 빠뜨리는 사나운 개나 다름없을 것이다. 어떤 조직이나 최고 경영자도 마찬가지. 인의 장막에 갇히지 않기 위해선 주변에 어떤 인물이 포진해 있는지 살피고 능력 있고 현명한 인물을 골라 써야 할 것이다. 스스로 알지 못하는 나의 성격이나 모양새가 사나운 개로 자라고 있는 것은 아닌지 돌아보는 것도 잊지 말아야 하겠다.

# 단풍 드는 나이

지난 가을 단풍 들 때
함께 익은 새소리
올 봄 먼저 온 꽃들이
무더기무더기 피었다
양지 바른 언덕배기
햇살도 잘잘 끓었다
귀속에서 돋아나는
새싹파도 파도소리
빛과 소리 가꾸다가
어느 새 어느 새
내 나이 단풍 들었네

# 독도가 찾아왔다

펄렁거리는 깊은 잠 꿈속
독도가 나를 찾아왔다.

풍랑에 쓸리고 밀려도 버틴
억겁의 세월을 비급으로 남긴 채

씹어 삼킨 외로움을 풀어놓으면
동해는 저렇게 푸르고 싱싱할까

물결과 바람과 햇빛과
괭이갈매기랑 숨바꼭질하면서

활짝 웃는 독도가 날 찾아왔다
꿀물 같은 꿈물결 이끌고 왔다.

# 내가 가는 길

나는 지금도 이 길을 가고 있다
세상 끝까지 가는 길을 걷고 있다.

바람 부는 날이거나
눈비 오는 날이거나

하염없이 걷는 이 길은
내가 평생 걸어야할 이 길은

산 너머 산이 있듯이
파도를 업고 오는 파도가 있듯이

길 끝에 묻혀 있을 길을 찾아
길 끝에서 기다리는 길을 찾아

갈 때까지 갈 것이다
가는 데까지 갈 것이다.

## 소곡小曲

푸르름에 젖어도 좋을
쏟아질 듯
높아만 가는 가을하늘 아래

처음 눈으로 숨어 들어와
가장 깊숙이서 떠날 줄 모르는
가슴 비비던 열정과 해후와……

곱게 빛을 빛깔만이
온통 내 전부로 빛나던
참으로 누굴 못 잊음 에야

날이면 날마다
펑 터질 듯 한 울음을 건너질러
긴 메아리치면

어느새 저만큼
물보라 마시고 가을이 웃는다.
네가 웃는다.

(1965.9. '시문학')

# 주형제작鑄型製作

살을 닦고 뼈를 깎는 보람은
따분한 침묵을 용해한 체험 뿐

산을 밀고 생성生成의 숲을 도망쳐 나와
현대의 문지방을 핥는
거세된 계절들

재질은 탄력 있는 자세로 여유 있어도
심장을 도리고
의상을 찢어 내면
기초 곡선과 포물선 정점에서부터
변신하는 이데아의 골격이 된다.

나신의 검은 피부가
거칠게도 용광로의 융해열을 꼽아 보다가
하나의 추상으로 자라잡고,
어느 후예의 자손은
미묘한 흥분의 틈새에다
독한 소주를 붓고

차라리 천 개의 의지로 된 우상 앞에는
퇴색한 삶이 햇살 퉁기리라
고립孤立의 성벽 헐린
미래를 보는 구도
너부죽이 열을 삼키는 분만分娩 앞에
숨결과 지문指紋이 찍힌 화석을 남긴다.

(1965.9 '시문학')

대표작

# 만남을 위하여

쓰러지지 않기 위하여
오늘도
내, 그대를 만나야 한다.
만나서는 별이 되는
하나의 이름으로 반짝이면서
그대와 내가 만난
최초의 아픔과
최초의 굶주림을
뼈 속 깊이 깊이 새기면서
이 세상
절대로 포기할 수 없는
아름다움 하나 이루리라
이루리라 다짐하면서,
쓰러지지 않기 위하여
오늘도,
내, 그대를 만나야 한다.
만나야 한다.

나는 나의 대표 시로
「만남을 위하여」를 꼽는다.
몸부림치던 내 육신을
확실하게 잡아 주고,
흔한 사랑 시 같은데도
나의 경經이 되어 준 시.
내 삶의 희로애락이
운명처럼 녹아내려
희망과 절망 속에서도
향내 물씬 풍기며 나를
키우고 다듬고 가꾸어 준
고마운 나의 경.

# 함양에서

자정 넘어
문 밖에서 서성이던 잠이
끝내 나를 불러냈다.

지리산을 내려온 엄천강 강물에
젖퉁이 같은 달이 물장구를 치고
물소리는 더욱 낮게 낮게 흘러갔다.

고걸 훔쳐보는
내 유혹의 유황불길 위로
왕소금을 뿌리듯 눈발이 덮쳐왔다.

파도소리는 멀리
백리 밖에서 들려오고
욕정의 불빛만 빳빳하게 얼어갔다.

밤마다 지리산은
누굴 껴안고 자는지
그것이 정말로 궁금하다.

# 하나

시작이 있으니 끝이 있고
끝이 있으니 시작이 있다

시작과 끝은 반대쪽에 있으나
실은 서로가 맞물린 하나다

만남과 헤어짐도 이와 같으니
더 이상 미련을 남기지 말라

그대가 있음으로 내가 있듯이
애초에 너와 나는 하나였으니.

# 그림 속의 강물소리

절망을 지우며 용서하는 그늘은 부드럽지만
알몸으로 뛰어드는 햇살은 눈이 시리다
껴안은 절망의 감당할 수 없는 무게는
썩어 뒹구는 통나무처럼 완고했다
포효하는 산맥을 옭아맨 오랏줄 산길 따라
조금씩 흔들리는 죽음의 냄새 비쳐들고
새의 날갯짓이 허공에 머무는 동안
새 울음소리마저 탈색되어 사라져 갔다
빳빳한 그림자들도 미련을 떼버리고 흩어졌다
뭉친 소리들만 웅크리고 앉아서 주시한다
아주 천천히 용서하고 있는 자신을
쓰러뜨리기 위하여 전 생애가 동원 되었고
고통의 정수리에서 흘러내리는 육즙을 핥으면서
썩은 통나무 같은 괴로움이 밤마다 뒹굴었다
단연코 격리수용할 때가 되었다고 판단되자
그림 속, 아련히 강물소리가 들려왔다

## 그리움인가 가려움인가

지독한 가려움을 감지한 아련한 그리움
여기저기 시간을 풀어놓은 채
입춘과 함께 졸고 있는 대낮.
햇살에 떠밀리는 연초록 바람은
만수위滿水位로 차올랐다.
까무러치게 비상벨이 울리면서
가슴은 산탄총알 세례를 받았지만
아련하고 지독한 그리움과 가려움은
눈치코치도 없이 금강산을 뭉갠다
이심전심 한통속 쓰라림까지 업는다.
금강산! 너는 그리움인가 가려움인가
비로소 내가 깨달은 위대한 찰나여!

1965-1966년 '시문학' 추천완료 등단.
1965-1996년 주에티오피아 대사, 주시애틀 총영사,
주파키스탄 대사, 외무부 본부대사 등 외무부 근무.
시집 『파편 줍는 노래』『몇 가지 풍경』『산보로』『원효를 찾아』
『소리와 고요 사이』『씨네 포엠』『사물들, 그 눈과 귀』 등과
번역시집 및 자작영문시집 10여 권 등.
시문학상, 정문문학상, 시인들이 뽑는 시인상, 바움문학상,
문덕수문학상, 코리아타임즈 및 국제펜클럽한국본부 번역문학상 등과
루마니아 Lucian Blaga 세계시축제 대상 등 다수 수상.

고창수

## 시작 활동은 순조롭지 않았지만

나의 시작 활동은 처음부터 순조롭지 않았으며
꾸준히 시 창작 활동에 전념하는 행운을 누리지 못했다.
영문학을 전공하면서 영어로 시 소설을 쓰기 위한 훈련,
공무원이 되기 위한 시험 준비 등이 겹쳤고, 해외근무로
십여 년간 시 창작 활동을 거의 할 수 없는 사정도
있었다.

그러다가 '시문학'에 시가 추천되고 시문학상을 받게
됨으로써 시 쓰기에 집중하는 계기가 되었다. 해외근무
중 시작 활동이 업무에 다소 도움이 되는 환경이 되었을
때 미국과 다른 영어 사용국 문단에 한국 시 번역문과
자작 영문시를 발표하여 한국시를 해외에 소개하는
보람도 느꼈다.

나이가 들고 생활환경에 어려움이 더해감에 따라서
자신의 시적 역량에 한계를 느끼게 되고 집중적인
시 창작 계획은 세울 수 없게 되지만, 일상생활의 주변과
우리 문화, 역사를 소재로 하는 시를 많이 써 보고 싶은
마음은 간절하다. 시의 세계는 무한히 열려 있으며 시의
소재와 표현이 무한한 실험의 대상이 될 수 있고, 시인은
전통을 의식하면서도 동시에 예술적 실험을 꾸준히
감행하고 또한 자신의 독특한 목소리를 다듬는 노력을
계속해야 한다고 느낀다.

돌이켜보면, 나는 시를 쓰는 일 보다는 시를 읽는 일에 더 많은 시간을 보낸 것을 깨닫게 되며, 시 작품을 구상하고 실제로 쓰는 작업에 더 치중해야 할 필요를 절실히 느끼고 있다.

# 당신이 촛불을 켜면

당신이 촛불을 켜면 내 마음이 밝아져요
온 지구가 밝아져요 수억 개 내 세포가 눈을 떠요
당신이 나를 부르면 온 지구가 귀 기울여요
수억 개 내 세포가 귀를 쫑긋해요
당신은 나의 친구 당신은 나의 우주

당신이 촛불을 켜면 온 세상이 밝아져요
온 지구가 기를 펴고 내 우주에 금강초롱이 켜져요
당신이 나를 부르면 산과 들이 수런거려요
내 안의 슬픔이 기쁨으로 바뀌어요
당신은 나의 희망 당신은 나의 구원

# 무더위 시론詩論

방이 온통 찜통이던 복더위 속
며칠씩 고장 났던 냉방기를
얼굴은 험상궂으나 마음씨 착한
어느 수리공이 와서
확 틔어주었다
동서의 뭇 사람이 한 매듭씩
꼬아놓은 시론의 매듭을
확 틔어준 기분이었다
무더위와 시론에 시달린 당신
떠나라, 하는
기분이었다

# 우주 여행

새벽에 잠에서 깨어

다시 잠이 오지 않을 때 나는 우주 여행을 떠난다

별 하나 나 하나 불러보듯

어느 별 하나를 골라서

나는 내 몸의 우주선을 타고

그 별로 날아간다

우주선의 속도에 몸을 맡기고

날아가는 동안

이 세상을 떠나간 그리운 사람들을

손을 흔들며 스쳐 지나간다

어느새 나는 잠이 들고

목적지에 가기도 전에

잠에서 깬다

땅에 착실히 붙어 있는

육중한 내 몸으로 돌아온다.

# 파편 줍는 노래

나는 어느 날
나의 눈알 속으로 차를 몰고 가며
버스 바퀴 밑에 깔린 나의 다리와
숟가락을 쥔 나의 손과
너의 눈알 속에 파묻어 둔 나의 눈알과
빛 속으로 분해해 가는
내 정신의 조각들을
줍고 있었다.

언젠가
어두운 박물관 돌기둥의 그림자 속에서
나는 너의 빛나던 눈동자에
향유를 바르고 있었지
나의 머리를 베어
너의 목도리를 만들어 줄까?
우리의 사랑은
지금쯤 눈이 되어
어느 먼 마을 위에 내리고 있을까?
너는 누군가?
나는 누군가?

꽃씨를 꽃송이로 끌어 올리는

힘에 끌리어
나는 낡은 화물선을 타고
외로운 시선들이 저려오는
내 가슴 속의 검은 물결을 헤치고
바다로 왔다

언덕 너머 바다에서
어느 그리운 목소리가
부를 것 같구나

나는 해변에 놓인
외나무 다리
보라! 나를 밟고 말없이 지나는
긴 세월의 행렬
또
나는
해변 언덕 위에서
바람과 시간을 맞고 서 있는
나무 십자가
나의 입김은 돌고 돌다가
어느 섬에 꽃으로 필까?
한숨 바람이 될까?

강물이 마르도록 여름이 익고
그 다음
여름 밤 가로등 주위에서
번득이는 하루살이들 같이
언젠가 아득한 허공으로
증발하였던
낡은 시간의 조각들이
기우는 전선주와
자동차 불빛과
뒹구는 낙엽 위에
내리는 길을
내가
출렁이는 파란 해심 속에
팔을 베고 누워 있던
나를 향하여 걸어가면
어디선가
모닥불을 피우고
나와
또 하나의 나와
또 다른 나들이
모여 앉아 소근거리고 있다

무성한 아카시아 숲 속에서
금속처럼 번쩍이는 시간의 중력이
낙엽처럼 지축으로 지면
누군가 부르다 못 다 부른
우리들의 이름을
모두 잃어버리고 싶다.
신이여!
이 파편들을
모아 주시렵니까.

(1965.11. 시문학)

# 인왕산에서 본 새

1

그 외톨이 철새는 왜 그렇게 날아갔을까.
흘러내리는 오후의 시간을 지우며 일으키며,
오후의 빛을 뿜으며 마시며 갔을까.
제가 가는 영문도 모르고
내 마음에 붉은 줄을 그으며 갔을까.
목놓아 울 듯, 목놓아 울 듯
몸을 던지며 마음을 던지며 갔을까.
오후의 시간 속에 굴절되며
오색의 색깔로 변색하며 갔을까.
목청에 피가 흐르는
판소리에 맞추어
그 바다의 수심을
심청의 혼이 아직 가고 있듯
그렇게 갔을까.

2

날아가는 새여! 그러나 너는 시간 속을 지나가
는
네 울음을 듣지 못할 것이다. 마치 나의 슬픔을
내가 모르듯. 떠남의 의미를 너는 늘 네 몸으로
체험하면서도 그 참뜻을 깨닫지 못한다.

검은 지평선 위로 반달이 보이는 화려한 풍경도
너와는 아무 상관이 없다. 네가 아무리 몸부림쳐도
안팎으로 너를 싸고 있는 현재에서 벗어날 수 없다.
현재는 보이지 않는 막으로 너의 시야를 가리고
있다. 너는 다만 누군가의 눈을 위하여 풍경을
열심히 만든다. 너의 울음도 풍경을 위하여 바친다.

3

너는 현재의 순간을 수없이 버리고 앞으로 앞으로
나아가지만 결코 너에겐 미래는 없다.
네가 날개를 세차게 퍼덕일 때에도 결코 현재를
벗어나지 못한다. 나의 흐린 시계에 네가 버린
현재는 아련한 궤적을 그린다. 하기야
내 노래도 마찬가지다. 내가 미래를 향하여
노래 불러도 노래는 늘 현재 속에 사그라진다.
현재 속을 날아가는 너의 짙은 그림자가 미래 속에
던져지는 것이 나의 눈에 보일 듯도 하다. 어떤
초인 같이 너는 알몸을 미래를 향하여 던지지만
시공의 벽이 무너지기 전에는 너에게 미래는
없다. 너의 모습은 나의 망막을 뚫고 나의 의식에
아픈 금을 긋는다. 너는 끝없이 너의 무명 속으로만
날아간다. 깊어질수록 더 화사한 심상이 펼쳐지는

어둠 속으로. 나도 미래를 향한 벅찬 순간들을 겪어 보았다.
맨드라미, 봉숭아꽃이 물오른 가지에서 시간 밖으론 듯
튀어나오고, 나비며 색동옷 자락이 바람에 떨고 있을 때,
나의 풍경이 미래를 향하여 떨리고 있을 때, 나도 그런
벅찬 순간들을 겪어 보았다.

4

양지바른 오후 우리가 졸고 있을 때나 우리의 꿈 속에 과거, 현재, 미래의 파노라마가 화려하게 펼쳐질 때, 우리의 목숨은 미래를 향하여 간절히 탄다. 미래는 우리의 목을 쉬게 하고 우리의 눈을 붓게 한다. 우리가 고열에 시달리고 있을 때 하늘의 별들은 시간 밖 어느 중심으로 수렴하면서 우리를 유혹하기도 하지만, 잠에서 깨면 몇 관 무게의 우리의 뼈와 살은 바람 부는 언덕에 버려져 있다.

날아가는 새여! 너는 나보다 훨씬 현재에 충실하다.

너는 현재에 몰두하고 눈에 피가 고이도록 현재를 열망하고 있다.

현재와 미래에 초조한 나는 네가 누리는 현재의 충만을 제대로 맛보지 못한다. 나의 애증은 시공이 엇갈려 피에 젖은 새처럼 무명 속으로 떨어진다. 나의 애욕은 호사하고 뜨거운 불길로 타올라 이승의 내 어둠을 잠시 밝혀주지만 안팎으로 싸고 있는 시공에서 벗어날 수는 없다.

날아가는 새여! 너는 알지 못한다. 네가 떨어지는 시공과
내가 떨어지는 시공이 아주 다른 것임을. 나의 시공
이 심청이 가고 있는 그 바다 같이 머나먼 것임을
너는 알지 못한다.

5

그러나 날아가는 새여!
너의 움직임은 나의 눈을 시리게 하는
그런 움직임이 아니고,
금이 은이 되는, 꽃이 지고 꽃이 피는
그런 움직임이다. 날아가는 새여!
우리는 결코 절망하지 말자.
앞을 노려보며 열심히 열심히 나아가자.
그 나아감은 은이 금을 향하여 변해가듯
언젠가 시공의 절벽을 넘을 것이니.
너의 가슴을 질식시키는 시간이나
오후의 그림자를 길게 만드는 시간 말고도
아직도 물고를 트지 않은 어떤 시공이
남아 있다.
날아가는 새여!
(1994, 제18회 시문학상 수상작)

# 시간

-미란타왕문경을 읽으며

참말로 사람은 시간을 깨닫지 못한다.
시간을 견디지 못한다.
시간은 사람에게 들리거나 보이지 않는다.

사람은 시간이
이명耳鳴처럼 귀청을 울려주거나
낯익은 사람처럼
어깨에 손을 얹어주기를 바란다.

시간은 고통처럼
기척도 없이 사람 주위를 서성거리다가
사람의 얼굴에, 살과 뼈에
엄청난 상처를 내기도 한다.
사람의 살과 뼈에서
고통을 떼어낼 수 없듯
시간을 떼어낼 수 없다.

사람은 찰나의 프리즘으로
영겁을 보기를 바라나
찰나와 영겁의 불연속을 견디지 못한다.

찰나와 찰나 사이의 틈은
사람의 집착으로 빈틈없이 메우지만,
어린 노루 한 마리 천적에 쫓겨
하늘로 뛰어오를 때
찰나는 영겁만큼
넓고 깊은 입을 벌린다.

그러나, 사람은
삶과 죽음이 서로를 비춰주듯
찰나와 영겁이 서로를 비춰주고,
찰나가 영겁 속에서 빛나듯
영겁이 찰나 속에서 빛나기를 바란다.

# 신화神話

고생대 돌에서 꿈의 눈망울과 언어의 혀들이
자라났듯이
내 풍경 속에서 사물들은 서로를 꿈꾸며
고요의 동굴에서 우주의 울음 같은
주문들이 흘러나오고
뭇 신들이 서로의 이름을 부르리라
그러면 신화의 주동자들이
내 꿈의 각본을
내 풍경 속에 연출하리라
당신이 진정 원한다면
먼 하늘 별자리가
벌떼처럼 윙윙거리며
토속어에 갇힌 당신의 원근법처럼
존재에 갇힌 당신의 천궁도를
시공 밖으로 풀어내주리라
당신이 참으로 원한다면
즈믄 태양과 블랙홀이 펼쳐진
내 가슴 속 신전을 보여주리라
당신은 한 생애의 풍경에서 잠들어
또 다른 풍경 속에 깨어나리라
갓난아이의 눈에 엄마의 모습이 처음 들어나듯
내 풍경이 당신의 눈에 밝아오리라.

우리의 시야 속에 날아가던
불 뿜는 청룡青龍의 모습도 그려내 보자.
우리 문법文法의 변두리에서 펼쳐지는
미묘한 시의 조화造化를 놓치지 말자.
반만년 우리 말을 지켜준
우리의 얼은 꺼지지 않고
그 골수로 남아 있다.
늘 땅에 충실하고 흙을 아끼면서도
저 달 항아리 같은 시공 너머를 지켜본
우리 눈에 비친 그 세상을 지우지 말자.
무명無明에 갇힌 숱한 낱말들을
그 무슨 가락이나 묵언默言으로 밝혀
사람의 넋을 눈부시게 하는
우주宇宙 전경全景 속으로 풀려나가게 하자.

# 사물들, 그 눈과 귀

사물에는 눈이 있다
문 돌쩌귀 같은 것, 손거울 같은 것 또는 옷장 같은 것
모두 퍼렇게 눈을 뜨고 있다
이승 시인이 이승 너머로 눈을 뜨고 있듯
저승 시인이 저승 너머로 눈을 뜨고 있듯
사물들은 모두 눈을 뜨고 있다
형태가 없는 것들을 찾아 눈을 뜨고 있다
목소리 없는 것들을 찾아 눈을 뜨고 있다
자기 안의 눈먼 존재를 향하여 눈을 뜨고 있다

사물에는 귀가 있다
손거울 같은 것, 참빗 같은 것, 빗자루 같은 것
모두 숨죽이며 귀 기울이고 있다
이승 사람들이 저 세상 일에 귀 기울이고 있듯
저승 사람들이 이세상 일에 귀 기울이고 있듯
사물들은 모두 귀 기울이고 있다
소리가 나지 않는 것을 찾아 귀 기울이고 있다
자기 속의 미망의 소리에 귀 기울이고 있다

사물의 귀는 모두 열려 있다
마음이 헤매는 사람의 귀가 늘 열려 있듯
소리 뒤에 숨어 있는

형상이 없는 고요를 향하여
사물의 귀는 열려 있다
자기 내부의 가장 깊숙한 곳의 형상 없는 고요를 향하여
사물의 귀는 모두 열려 있다

아! 늘 뜨고 있어라, 열려 있어라
사물의 눈이여 귀여
우리가 보지 못하는 무명을 뚫어 보아라
우리를 향하여 손을 흔들며 오는
눈 먼, 귀 먼 사람들을 향하여 손을 흔들어 주어라
우리가 오래도록 기다려온 눈 먼, 귀 먼 시간을 향하여
손을 흔들어 주어라
빈 접시에 고여있는 우리의 답답한 시간을 향하여
빈 접시에 고여 있는 우리의 심장한 의미를 향하여
사물이여, 눈이 떠 있는, 귀가 열려 있는 사물이여
손을 흔들어 주어라
우리의 하염없는 무명을 틔어 주어라.

## 한국 마을 정원에서

가을 한 동안
정원의 은행나무는 공작이 날개를 펴듯
찬란한 황금빛 잎을 펼치고 있었다.
어느 날
점잖던 정원사는 은행나무 큰 가지에 올라서서
나무를 마구 굴러대고 있었다.
햇볕을 등지고 역광의 정원사는 엄숙한 마법사와도 같이
지구의 중심에론 듯 은행잎을 마구 떨어트렸다.
그 날 정원사는 이상한 미소를 머금고 있었다.

그 이후로 내가 음악을 듣고 있거나 거리를 걷고 있거나 검은 은행잎은 내 존재의 어두운 심연으로 끝없이 떨어져 갔다.
온 가을 검은 가지는 내 의식에 거미줄 같이 퍼져 있었다.

은행나무에는 전쟁에 탄 양철 조각 같은 나뭇잎 몇 개와
검은 가지가 하늘을 배경으로 시들하게 흔들렸다.
보이지 않는 바람결에 나무는 황량한 몸짓으로 나를 울렸다.

몇 마리 까치도 서글픈 듯 언제라도 떠나갈 몸짓으로 가지에 앉곤 하였다.

겨울바람이 불고 눈이 내렸다. 눈의 리듬으로 풍경은 변하고

검은 가지의 나무는 은근히 춤을 추고 있었다.

이윽고, 앙상하던 나뭇가지에는 황금빛 찬란한 은행잎이 가득 빛나고 있었다.

정원사는 어디 갔는지 보이지 않았다.

# 마차와 바퀴

바퀴를 잃고
호수를 건너간 마차에는
몇 사람이 타서
몇 개의 바퀴를 보았는가?
말은 하늘로 가고
마차는 산 너머 사라지고
바퀴는 허공을 떠돈다면
마차와 바퀴와 말은 모두 몇인가?
몇은 있는 것이고
몇은 없는 것인가?

1935년 경북 문경 출생.
1963년 충청일보 신춘문예 시 당선.
1965년 '문학춘추'에 시 「안테나 풍경」 1회 추천,
1966년 '시문학'에서 추천완료.
'한국시' 동인, 내륙문학동인회, 중원문학동인회, 푸른 시낭송회 등과
1983년~1993년 나태주, 문충성, 정공채 등과 '서세루' 창립.
시집 『노새야』 『은사시나무잎 흔들리는』 『지상의 풀꽃』
『한림으로 가는 길』 『그리운 섬아!』 『개화』
『눈이 오네 봄이 오네』 등 10권,
시문집 『풀꽃에게 말을 걸다』 출간.
도천문학상, 충주시문화상, 한국문학상, 충북도민대상,
한국글사랑문학상, 정문문학상, 시인들이 뽑는 시인상,
이은상문학상, 펜문학상 등등 다수 수상.
2018년 9월 15일 영면.

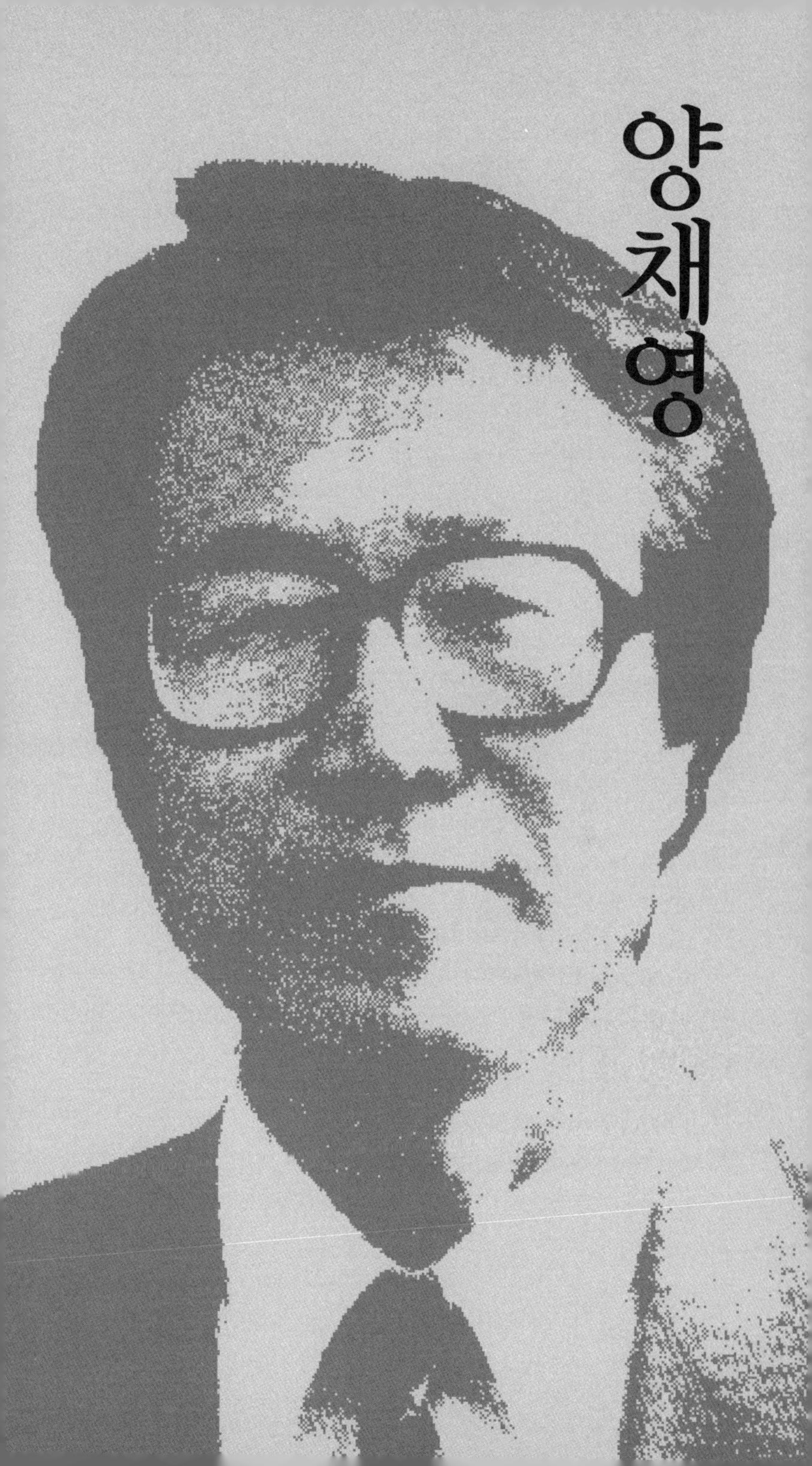
양채영

# 풀꽃을 사랑하며

나는 언제부턴가 지상地上에서 정직한 거라곤 저 돌과 나무뿐이란 생각을 할 때가 많다. 왜 이렇게 편협하고 위험한 생각을 갖게 되었는가 스스로에게도 해명하기 힘든 일이다. 그것은 힘겨운 얘기가 될지 모르지만 '용서하고 사랑해 보고 싶다'든가, '어렵지만 참고 견뎌보자'는 생각들의 또 다른 모습이 아닐까 하는 것이다. 꽃을 주제로 한 훌륭한 시편들이 많고 또 그것을 다루는 훌륭한 시인이 많지만 끝없이 꽃에 대한 시적詩的 작업이 끊이지 않는 까닭은 '꽃'은 모든 것의 '꽃'인 때문일 것이다.

나는 나무나 꽃에서도 그 나라의 오랜 문화에서 빚어지는 빛깔과 형태의 특이성을 느낄 수 있고 그 꽃들이 거느린 분위기를 만날 수 있다는 생각과 어쩌면 민족이 지닌 애환이나 역사성까지 읽을 수 있지 않을까 하는 것이다. 이런 생각은 많은 작위적作爲的인 일이 될지 모르지만 산야의 풀꽃들에게서 차츰 깊은 감동을 맛보게 되는 것은 나도 어쩔 수 없는 일이다.

모질고 긴 겨울을 넘어서고 넉넉한 햇빛과 물과 바람과 향기에 어우러져 무엇이 서러울 게 있을까 안도의 숨을 내 쉬는 저 풀꽃을 본다. 그러나, 향기로운 풀두덩에 눈부신 빛과 꽃과 풀잎에 반짝이는 이슬 위에 잠시 잠깐 머물렀다 사라지는 저 보일 듯 말 듯한 서러움의 빛깔과 한 줄기 바람을 본다. 그럴 때마다

다가오는 눈부신 현기증과 눈부신 눈뜸의 엇갈리는
어지러움이 내 시詩의 한 몫이 될 것 같다.

이 지상에서 몇 안 되는 가솔家率들을 생각하고
그 얼굴들이 모두 어딘가 닮았다는 걸 보며 스러진
풀잎들이 일어서는 일이나, 이 나라 산야의 풀꽃들이
해마다 찬란한 꽃을 매달고 이 땅에 태어나는 걸 알 것만
같다. 감사할 따름이다.

나는 풀꽃을 사랑한다.

(시집 『은사시나무잎 흔들리는』 '작가의 말'에서)

*

향기로우나 오만하지 않은 풀꽃이 내게는 좋다.
그것이 또 다른 모습의 오만일는지도 모르지만 말이다.
연약하고 왜소한 모습엔 오히려 그 삶이 당당하고 질긴
것이 내게는 부럽다.

한 송이 '풀꽃'이나 초록의 '초목'들을 바라보면서
서럽고 아픈 삶이나 우리의 유민사流民史를 생각한데도
그것은 나의 욕망일 뿐 '풀꽃'과는 전혀 무관한 일일
것이다. 그러나 '풀꽃'이 나를 놓아주지 않는 것은 나의
이러저러한 관념이나 욕망들을 '풀꽃'이나 '초목'들을
통해서 무슨 실체라도 만날 수 있으리란 간절함에서
비롯된 게 아닐까 한다.

아무튼 내 이웃에 향기로운 '풀꽃'이 피고 초록의 '초목'들이 나풀거린다는 일은 내게 있어 이 지상에 있음을 확인하는 눈부신 한 순간이 된다.

그들의 비오秘奧함을 감히 누군들 감당할까.

(시집 『지상의 풀꽃』 '작가의 말'에서)

# 안테나 풍경

고디크의
담 벽을 기어오르면
창문에
꽃병 하나, 엿듣고 있다.

휘휘한 영지領地에
호밀대 한 폭

먼 나라
우편배달
우유배달이 돌아가는
초소哨所 위

상현上弦
만월滿月
하현下弦의 시월
날으는
살→살→ ……

낙화落花의 꽃 층계로
비둘기 부신 날개의
구름밭,

초원草原,
머리카락
날린다
꽃밭 속에
안개 속에, 꼭꼭 숨어라

이오니아 식式
뇌병동腦病棟

대리석주大理石柱
간호원의 흰 가운 자락을
더듬어 오르는
나팔꽃
시탑時塔 위에
물구나무 선
청의青衣의 광대廣大는, 배가 부르다.
촉수觸手는 신열身熱을 앓는데
우계雨季의 틈새로
나선계단螺旋階段을 내리는
딱정벌레의
지하도

이온으로 반짝이는
창틈에
까아만 커어텐을 비집고
빈
청자靑瓷의 귀 기울임

어디쯤 숨었나
이 현휘眩彙
사시안斜視眼의
별, 사태沙汰

높은
벽, 벽……
—숨차다.

(1964.'문학춘추')

## 내실內室의 식탁

밀약密約.

밀봉密封한 밀크 한 병
검은 전복회
홍옥이든 데리샤쓰든
비장秘藏한 걸
두 알쯤
무르익은 식탁

환한 과도果刀 몰래
닳아진 손톱 끝에
벗어가는
외과피外果皮

과육果肉에 젖은 긴 해안
비 내리듯 움 돋는
구석구석 해감내,

하얀 이 끝에 무너지는
질 고운 벽 틈
깊은 자방子房 속
까맣게 익어서

잇몸 새로

손가락 틈으로
산란기產卵期의
점등點燈 빛 밀물일 때
찬란한 생선 맛,
타액唾液 괸 백자白瓷에
샌드위치.

입 안 가득 속 꼬갱이 문혀
까넣는 조개 알
은수저의 끝가장자리나
긴 허리춤에서나

식욕은
밤배의
만적滿積한 문어만큼
내실內室 가득
녹아내린다.

건강한 수부水夫는
밀항 때마다, 중량만큼
미칠 듯
배
고프다.

(1966.'시문학')

# 노새야

노새야.
새끼도 낳지 못하는
노새야.

아무도 없는
아스팔트길을
똥 한 번
제대로 누지 못하는
노새야.
털 빠진 가죽
등허리로
힝 힝 우는
노새야.

노새야.
부모의
다른 얼굴 틈으로
뻘뻘
땀만 흘리고 가는
노새야.
사람 없는
강가에서

억새풀이나
이가 시리도록
뜯어 먹어라
노새야.

(제1시집 『노새야』에서)

# 개망초 너무 작은 씨

언제부턴가
겨울 벌판에 팔짱을 끼고
혼자 서 있는
그런 나무가 있다고 생각되었다.
그 옆에 미농지 한 장이 날리고
그 미농지 속에
무슨 불덩이가 싸여 있다고
그런 생각이 들었다.
뜨거운 겨울 국그릇을
뒤엎어 버리면 어떻게 될까,
내가 잘 모르는
하이데커가 죽었다고
큰 사진을 보여주었다.
나를 압도시키지 못한
그의 콧수염보다
전염성이 강한
국제독감이 내게 와 있다.
별 상관도 없는 것들이
나를 화상 입게 하고 얼게 하고
개망초의 너무 작은 씨들이

너무 큰 얼음덩이 속에 묻혀
겨울을 난다는
그런 생각의 얼음덩이가
덜 풀려 있다.

(제3시집 『은사시나무잎 흔들리는』에서)

# 갈대는 흔들리는가

–현자賢者

어느새 갈대꽃이 피었다.

시간은 은회색

갈대는 바람을 더 잘 알아본다.

무작정 길을 떠났던

누군가가 갈대꽃을 지난다.

부채負債도 노예들도

다 버린 때문일까.

하늘은 거침없어 높고

한 떼의 새들이

숨죽여 날으는 게

참으로 날개답다.

갈대는 바람을

더 잘 알아본다.

(제4시집 『지상의 풀꽃』에서)

# 겨울 낙엽송 숲에 관하여

문득 눈이 오는 날
낙엽송 숲은 나타났다
비어 있다고 생각한 것들이 모두 허사였다
검은 거와 배반한 거와
죽음 같은 것들도 모두 허사였다
찬바람이 모든 걸 대변하듯
휘몰아치고 소리를 질러댔다
눈이 오는 날 낙엽송 숲은 그 실체를 드러냈다
내밀한 것과 음모와 의지들은
그들의 직립한 자세와 우람함 때문에
더욱 귀띔하기가 힘들었다
지난여름의 그 잔잔한 잎새와
저 잔나무가지에 얹혀 있는 흰 눈과
알 수 없는 수근거림에
가끔 진한 수피향기가 묻어 나왔다
기억하고 싶은 것은 부드럽다
기억하고 싶은 것은 곧다
푸른 낙엽송 잎의 자잘함
우람한 키와 잔가지들의 어울림 흰 눈과 풀꽃향기
무엇을 기억하고 있는지 알 수 없는 너의 침묵
소금과 태양과 노동
너의 질기고 질긴 목질을 생각한다.

(제4시집 『지상의 풀꽃』에서)

# 한 잎새의 깃털

겨울 아침 나뭇가지 끝에
빈 열매 껍질이 매달려 있다.
그 옆에 한 잎새의 흰 깃털이 나부낀다.
그것이 무슨 하늘과 땅의 기별인 듯
새가 날아간 하늘은 푸르고
씨가 떨어진 땅은 흰 눈에 덮여 있다.
나는 그 중간의 중간에 서 있고
날개와 씨앗은 새 하늘과 땅에 당도해
아득히 먼 이곳을 바라보면서
푸르른 어느 날 어느 곳에서
다시 만날 것을 꿈꾸리라.

(제5시집 『한림으로 가는 길』에서)

## 봄의 새소리

새의 몸은 모두 바람으로 짜여졌다
날아가는 깃털마다 봄이 왔다
찌찌찌 찌찌찌
쯔비쯔비쯔비 쯔비쯔비쯔비
새가 하늘을 떠돌면
새만한 영혼의 꽃 한 송이가
붉고 푸르게
이 지상에 핀다
가늘고 고운 뼈마디 마다
꽃물이 든 새는
내 이마에 닿을 듯 말 듯
하늘로 날아오르고
지상과 하늘엔 새와 꽃과….

(제6시집 『그리운 섬아』에서)

# 화선지에 스민 먹물같이

행여 서역西域으로 가는 길인가
강가에 가을 노을이 붉다
듬성듬성 서 있는 잡목 숲의 설렘
수도승들의 순례보다 깊은 고요
그 사이사이로 저녁 강물이
번쩍번쩍 꿈인지 깨달음인지
어둠 속으로 몸을 낮춘 강 건너
산들이 강물 소리에 잠긴다

강과 숲과 저 산의 어중간한 어름에
이름 모를 새가 한 마리 문득
강물 위를 거슬러 날아간다
화선지에 먹물 번지듯
어디선가 한 발의 총성
물과 갯벌과 숲 속에 숨었던
한 떼의 새와 저문 것들이
하늘 가득히 산탄처럼 날아오른다
화선지에 스미는 먹물같이…….

(제7시집 『그 푸르른 댓잎』에서)

## 개화開花

꽃망울 부풀면 걱정 된다
꽃 피면 며칠 있지 않아
꽃이 질 텐데
그래도 꽃이 피고
세상은 환하게 꽃 속에 파묻힌다
며칠 있지 않으면 꽃이 질 텐데
바람이 불고 낙화가 분분하다
허무하다 허무하다
꽃잎 속에서 나부낀다
꽃망울 부풀면 환한 세상
누가 겨울의 어둠을 물어보기나 했나
어느새 꽃은 피고 꽃은 지고
땅과 하늘은 중천에 꽃망울을 만든다

(제9시집 『개화』에서)

# 나의 아버지 양채영 시인

아버지께서 지난 2018년 9월 15일 돌아가시고 이제 아버지의 기나긴 문학 인생이 마무리 되는구나 생각했습니다. 그런데 아버님 사후 여러 가지 문단 관련 일이 제게로 몰려왔습니다. 아버지 고향에 문학관이 건립되고, 지역 동인지의 추모집 등이 발간되며 다양한 곳에서 관련한 자료를 요청하였습니다.

아버지에 대한 자료를 정리하고, 대표작을 고르고, 연보를 적어 내려가면서 생전에 알지 못했던 아버지의 모습이 구체적이고 생생하게 제게로 다가왔습니다.

아버지의 시를 새로 꼼꼼히 읽으며, 형식적으로는 깎고 덜어내어 글자 하나 첨언 할 수 없는 얼음 같은 질서와 긴장감에 놀라다 내용상 푸릇푸릇 뿜어나오는 풀꽃의 생명력에 새삼 감탄하였습니다. 그리고 이렇게 좋은 작품이 책 속의 활자로만 박제되어 생명력을 잃게 될까 안타까운 마음이 밀려옵니다.

아버지는 글과 삶이 일치하는 분이셨습니다.

"양채영 시인의 글은 정신의 향기로운 관을 쓴 귀족의 품위와 격을 갖추었다"고 평가한 어느 평론가의 말처럼, 아버지의 인품 또한 글과 꼭 같이 정신의 높은 품격과, 단정함, 따뜻함을 지닌 분이셨습니다.

평소 아버지께서는 절제되고 규칙적인 생활을 해오셨습니다.

살아 보니 별다를 것 없는 일상 속에 자기 자신을 엄격하게 관리하는 일이 세상 제일 어려운 일이더군요. 누가 알아 주는 것도 아니고, 하루 쉰다고 달라지지도 않는 그저 그런 일상을 아버지는 의지적으로 성실하게 보내셨습니다.

어릴 적 아버지께서 글을 쓰시거나 책을 읽을 때, 저희 삼남매가 들락거리며 아버지 등에 올라타거나 말을 걸어도 한 번도 화를 내시거나 예술가적 예민함(?)으로 본인의 시 · 공간을 훼방 받는 것에 대해 야단친 적이 없으셨어요.

학창 시절, 공부를 마치고 방 불을 끄고 나면 아버지 서재에서 비치는 은은한 불빛이 문틈으로 비치었습니다. 수험생인 저보다 늘 더 늦게까지 불을 밝히고 책을 읽으시거나 글을 쓰고 계시던 아버지의 뒷모습이 태산처럼 그렇게 든든하고 안심이 될 수가 없었습니다.

늦게까지 켜져 있는 서재의 불빛이 저희 삼남매에게 인생의 환한 등불이 되어 주셨음을 고백합니다. 각자 인생의 굽이굽이 고민과 갈등, 선택의 고비마다 늦게까지 환히 켜있던 아버지의 성실한 불빛이 자녀들의 발걸음을 착실하고, 올바른 걸음으로 인도하는 등대가 되어 주었습니다.

이러한 삶의 태도가 아버지 시의 수준이 늘 일정하게 유지되는 이유가 아니었을까 생각합니다.

아빠, 지금 천국에서 무얼 하고 계신가요?

높고, 크고, 화려하다는 천국에서 아빠는 여전히 고개를 숙이고 부러 찾지 않으면 볼 수 없는 여리고, 예쁜 것들을 내려다보고 계신가요?

초록빛 융단이 깔린 싱그러운 천국 풀밭에서 나 좀 보아달라고 팔랑거리며 손 흔드는 풀꽃들을 지나치지 못하시고 한걸음 옮기고 또 주저 앉아계신가요?

세상 눈 맑은 사람만 볼 수 있다는 그 꽃을 찾으셨겠죠?

지구에서 보지 못한 예쁜 풀꽃 속에서 눈짓으로, 표정으로 말을 건네고 대답을 듣고 계실 아빠. 분명 행복하실 거예요.

그곳에서 무명의 풀꽃들에게 이름도 지어 주시고, 얘기 나누고, 시도 쓰시고, 노래도 크게 부르시면서 재미나게 지내고 계세요. 저희도 울지 않고 잘 지낼게요.

내 영혼의 조물주 나의 아빠. 여전히 똑같이 사랑합니다.

혜령 올림

〈해제〉

# 1960년대 월간 '시문학'과 그곳을 통해 데뷔한 7인의 시인, 그리고 그 시절의 문학적 분위기

양왕용

1

한국현대시문학사에 창간된 '시문학詩文學'은 여럿 있다. 우선 1930년 3월 박용철(1904-1938)이 편집 겸 발행인으로 주도하여 창간한 동인지 '시문학'이 있다.

이 동인지는 1933년 3호로 종간된다. 참여한 동인으로는 김영랑(1903-1950), 정지용(1902-1950), 이하윤(1906-1974), 박용철, 김현구(1904-1950), 변영로(1897-1961), 허 보(1907-?), 정인보(1893-1950) 등이다. 비록 3호로 중단되었으나, 이 동인지의 지향점은 박용철이 뒤이어 발간한 '문학'(1933.12-1934.4, 통권 3호로 종간)까지 포함하면 상당히

지속된다. 카프계열에 반대한 순수시의 옹호와 민족어의 발굴이라는 특성과 정지용과 김영랑의 시적 업적으로 인하여 이 동인지의 발간을 현대시의 출발이라고 보는 견해가 있다. 다음으로는 1950년 1월 박목월(1915-1978)이 발행인으로, 조지훈(1920-1968)이 편집인으로 참여한 시 종합지 '시문학'이 있다. 김영랑이 권두언으로, 많은 시인들이 시와 평론으로 참여하고 있다. 그러나 곧 발발한 6 · 25 전쟁으로 발간이 중단된다. 다음으로는 1965년 4월부터 1966년 12월까지 통권 20호로 종간된 월간 '시문학'이 있다. 이 월간 시지는 대한민국 최초로 20호까지 지속된 시 전문 월간지이다. 출판인 정태진(청운출판사 대표)을 발행인으로 하고, 문덕수 시인이 주간으로 이 시지를 실질적으로 주재하였다.

필자의 이 글은 1965-1966년 발간된 이 시지에 대하여 그 당시의 대학생들과 20대 시인 지망생들이 열정적으로 참여한 양상과 그 결과에 대하여 자상하고 흥미롭게 살피기 위하여 쓰는 글이기에 다음 장에서 본격적으로 살피기로 한다.

마지막으로, 1955년 1월 창간되어 지금까지 발간되고 있는, 종합문예지 '현대문학'의 자매지로 1971년 7월 창간되었다가 1973년 통권 24호부터 판권이 도서출판 성문각成文閣으로 이양된 월간 '시문학'이 있다. 이 시지는 시문학사로 독립하여 발행인 이성우 편집인 겸 주간 문덕수로 발간되다가 1977년 시문학사를 문덕수 시인이 인수하여 발행인 김규화 시인, 주간 문덕수 시인의 체제가 되어 현재에 이르고 있다. 이 시지는 2020년 3월 현재 통권 584호로, 대한민국 최장수 시전문지의 기록을 가지고 있다. 창간 당시에는 발행인 김광수 주간 조연현의 체제였으나 창간호부터 문덕수 시인은 「새로운 자연관과 문명관」이라는 평론으로 참여하여 창간호의 주역 가운데 한 사람이기도 하였다.

## 2

1960년대 월간 '시문학'이 발간된 1965년, 달리 말하면 60년대 중반의 전국 대학들의 문학적 분위기는 대동소이할 것이라 생각하고 필자의 모교인 경북대학교의 분위기를 소개하기로 한다.

1961년부터 문리과대학 국어국문학과 현대문학 담당 교수로 부임한 김춘수(1922-2004) 시인을 지도교수로 모시던 '현대문학연구회'라는 동아리가 있었다. 경북대학교에는 1954년 4월부터 1955년 3월까지, 역시 문리과대학 국어국문학과에 전임강사로 근무한 청마 유치환(1908-1967) 시인이 떠난 뒤에는 국문학과 관련 학과가 문리과대학과 사범대학 두 군데나 있는데도 불구하고 현대문학 교수가 한 사람도 없었다. 청마 시인을 경북대학교로 모시고 온 이는 문리대 철학과 하기락 교수였는데, 그는 아나키스트로 청마 시인을 경남 함양군 안의면 안의중학교 교장으로 하 교수 자신의 후임으로 보냈다가 다시 경북대학교로 모시고 왔던 것이다. 그러나 평소에 시에 대한 이론과 비평을 싫어했던 청마는 1년

만에 사임하고 경주고등학교 교장으로 떠났다. 경북대학교는 그 자리를 6년 동안 비어 두었다가 청마 시인이 하기락 교수에게 추천한 당시 40세의 김춘수 시인을 문리대 국문과 교수로 채용했던 것이다. 잘 알려지다시피 그 당시 김 시인은 창작과 이론을 겸비한 실력 있는 중견 시인이었다. 그러나 서울 문단에는 크게 영향력은 없었다. 그러함에도 불구하고 경북대학교 시인 지망생들은 열심히 동아리 활동을 하고, '경북대학보'라는 대학신문에 열심히 시를 발표하였다.

필자는 1963년 3월 경북대학교 사범대학 국어교육과에 입학하여 1학년 때부터 대학신문에 간간이 시를 발표하였다. 그리고 1964년 2학년 때부터 김춘수 시인으로부터 '시론', '현대문학사', '소설론' 등을 배웠다. 2학년 때부터 시가 창작되면 김 시인께 가지고 가 지도 조언을 받았다. 김 시인께서는 그냥 두고 가고 며칠 뒤에 오라곤 하였다. 며칠 뒤에 가면 김 시인께서는 많은 말씀 없이 몇 군데 독단으로 떨어진 곳을 지적해 주곤 하셨다. 말하자면 시를 일일이 첨삭지도 하지 않고 필자의 역량을 지켜보시는 스타일이었다. 김 시인께서는 대학신문에 발표한 학생들의 시를 일 년에 두 번 쯤 합평 형식으로 언급하셨다. 그러나 1~2학년 시절에 발표한 필자의 작품은 한 번도 언급해 주시지 않아 내심 섭섭하기도 하였다.

그 당시 전국의 시인 등용문은 중요 일간지의 신춘문예의 시 부문 당선과 유일한 월간문예지 '현대문학'에 추천받는 길이 있었는데 3회 추천을 받아야 기성 시인으로 인정하여 주었다. 1963년부터 1966년까지의 추천위원은 서정주, 유치환, 김현승,

박두진, 박목월, 신석초 등 여러 시인들이었다. 1970년대 들어 조병화, 신동집, 이원섭 등 여러 시인들과 함께 김춘수 시인께서 추천위원으로 합류하셨다. 1960년대에는 김춘수 시인께서 박목월 시인에게 추천 작품과 추천의 글을 보내시면, 박 시인이 김 시인이 이러한 추천의 글과 함께 추천 작품을 보냈다는 식으로 게재하면서 국문학과 권국명(64. 6 천료), 의과대 이창윤(66. 3 천료), 국어교육과 전재수(66. 3 천료) 등 세 사람의 선배 시인이 탄생하였다. 이만큼 기성 시인이 되는 길은 좁고 험난하였다. 필자도 내심으로 이러한 선배의 길에 합류할 수 있을까 하는 기대감을 가지고 열심히 습작을 하면서 1966년 3월 국어교육과 3학년으로 진급하였다.

3월초 개학하자마자 2학년 겨울 방학 때 창작한 6편의 시를 가져다 드린 후에 많은 말씀 없이 "진일보했다"는 언급만 들은 후 돌려받기도 했다. 그리고 며칠 후 다른 일 때문에 김 시인의 연구실에 들렀다가 나오는데, 뒤에서 "양군!" 하며 김 시인께서 부르시는 것이었다. 필자는 아무 생각 없이 돌아서서 김 시인을 바라보았더니

"자네 요즈음 신작 몇 편 있는가?" 라는 질문을 필자에게 던지는 것이었다. 그러면서 필자가 대답도 하기 전에 "서울에서 문덕수 시인 주재로 '시문학'이라는 월간 시지가 곧 창간되는데 내가 마침 그곳에 추천위원으로 참여하게 되었네. 우선 거기에다 자네의 작품을 보내어 보세." 하시는 것이었다. 필자는 그 순간 숨이 멈추는 듯한 충격을 받았다. 대학 3학년 초 문학 동아리에 4학년 선배들도 많이 있는데 벌써 시작해도 되는가

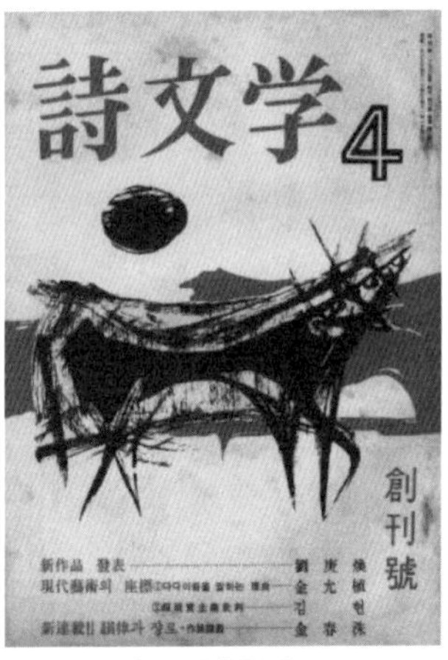

'시문학' 창간호

하는 불안감도 들었다. 필자는 한참 있다가 "네 마침 신작 3편이 있습니다. 정리하여 가져오겠습니다."하고 연구실을 나왔다. 나오면서 감사하다는 말도 제대로 못한 것을 후회하기도 하였다. 필자는 3편을 다시 첨삭하면서 대구 중앙통 문화서점에 몇 번 들락거리다가 1965년 3월 21일 '시문학' 창간호를 구입하였다.

'시문학' 창간호는 46판 56쪽으로 표지는 붉은 색과 검은색 2도였는데, 표지화는 정문규(1934~) 화백의 반추상화로 강렬한 검은 소와 검은 달 그리고 붉은 산이 그려진 참신한 것이었다. 그리고 그 때에는 가로쓰기가 일반화 되기 전이라 세로쓰기 형식이었다. 목차 다음 페이지인 7페이지에 발행인 정태진 사장의 이름으로 게재된 창간사에서 이 시지는 ①국제적 고립을 면하기 위한 해외 시단과의 교류, ②의욕적 열의를 가진 내일의 시단 역군의 적극적 육성, ③다기한 사조의 바탕 위에 침체된 시단을 민족이 요구하는 진취적 방향으로 육성 등을 목표로 하고 출발한다고 선언하고 있었다. 창간사 아래에 발행인 정태진, 주간 문덕수 시인과 함께 추천심사위원들의 명단이 나와 있었다. 김 시인 외에 김광섭, 김구용, 김용호, 김현승, 박남수, 박두진, 박목월, 서정주, 송 욱, 신석초, 유치환,

이형기, 정한모 등 여러 시인들이 참여하고 있었다. 현재의 시점에서 보면 병상에서 투병을 하고 계시는 문덕수 시인을 제외하고는 모두 다 고인이 되셨다.

창간호의 내용은 발간사의 취지에 따라 우선 해외시단 소개와 다다이즘과 초현실주의 비판이 특집으로 되어 있었다. 필진은 경희대 영문과 양병탁 교수와 김윤식, 김 현 평론가였다. 이러한 해외 시단의 소개와 문예사조에 대한 관심은 필자를 바꾸어 가면서 지속되었다. 다음으로는 유경환 시인의 신작 4편과 시작 노트, 그리고 신작에 대한 이유식 평론가의 글이 있었다. 그리고 무엇보다 반가운 것은 김춘수 시인의 '작시강의'라는 연재물에서「운율과 장르」가 연재되고 있다는 점이었다. 이 연재물은 1972년에 대구의 송원출판사에서 『시론』이라는 저서로 엮어져 필자가 1974년부터 한동안 부산대학교 국어교육과의 교재로 사용하기도 했다. 그리고 10인의 시인 작품이 수록되어 있었다.

그런데 무엇보다 눈에 띄는 것이 신인 육성의 방법으로 기존의 '추천작품'과는 다른 '연구작품' 제도였다. '시연구회'를 설치하고 그 회원들 중심으로 연구작품을 투고하게 만들어 연구작품 2회를 1회 추천으로 간주하는 제도였다. 추천작품이 한 시인의 취향이나 인연으로 평가되는데 비하여 연구작품은 여러 사람의 엄정한 평가를 받을 수 있는 점에서 좋은 제도였다. 그리고 창간호에 이미 세 사람의 작품이 수록되어 있었다. 그 가운데 한 사람이 지금 보령에 시비공원을 건립한 이양우 시인이었다. 그리고 한 가지 이색적인 것은 보통 '편집후기'라는 맨 뒤의 편집자들의 글을 '편집전기'라 하고 있는 점이었다. 필자는 연구회원은 아니었지만 다음호부터 본사에 정기구독을 신청하였다.

필자는 곧 작품 세 편을 정리하여 김춘수 시인께 가져다 드렸다. 이 가운데 「갈라지는 바다」가 1965년 '시문학' 7월호 초회 추천작으로, 김 시인의 간단한 추천사와 함께 실렸다. 이 작품은 8월호의 '신인 작품의 경향 · 기타'라는 좌담회(참석자; 서정주, 박목월, 김우정, 문덕수, 정리 최원〉에서 문덕수 시인이 "내면세계를 표현한 시"라고 소개하기도 했으며, 박철희 평론가에 의하여 1966년 시단 연평에 두 군데('시문학', '세대' 12월호)에 언급되기도 했다. 필자는 그 뒤로 6개월마다 그 동안 습작한 작품 가운데 3편씩 가져다 드려 「아침에」(1966년 1월호 2회 추천작), 「3월의 바람」(1966년 7월호 3회 천료작)이 추천되어 대학교 4학년 1학기에 기성 시인이 되어 '대구문단'에 23세의 막내로 출입하기 시작하였다.

연구작품에 대한 관심은 대단하였다. 그 당시 경향각지의 대학생들과 20대 시인지망생의 호응이 폭발적이었다. 1965년 5월호인 2호부터 예심을 통과한 사람들의 작품이 추천위원들에게 넘겨져 매달 5명 내외의 작품들이 당선작으로 발표되었다.

홍신선 시인의 경우 1965년 5월호에 연구작품 「희랍인의 피리」, 7월호에 연구작품 「목판화」, 9월호에 추천작품 「비유를 나무로 한 나의 노래는」, 12월호에 추천작품 「이미지 연습」으로 1960년대 월간 '시문학'의 첫 번째 추천완료 시인이 되었다.

홍신선 시인은 그 당시 제2훈련소 훈련병이었다. 그 후 군대 시절 필자와 편지를 주고받았으며 지금까지 우정을 이어가고 있다. 그는 동국대학교 국문학과와 대학원을 나와 안동대, 수원대를 거쳐 마지막에는 모교 동국대 교수를 역임하였다.

2018년 작고한 양채영(1935~2018) 시인의 경우 1966년 1월호에 「가구점」「내실의 식탁」 2편의 작품으로 김춘수 시인에 의하여 추천완료되어 두 번째 천료시인이 되었다. 양 시인이 한 번에 추천완료가 된 까닭은 전봉건 시인이 주재하여 1964년 4월부터 1965년 6월까지 통권 15호를 내고 종간된 '문학춘추'에 「안테나 풍경」으로 김춘수 시인에 의하여 추천되었으나 잡지의 종간으로 그 이상의 절차를 밟지 못하였기 때문에 내려진 김 시인의 배려였다. 그 당시 양 시인은 온천으로 유명한 충북 수안보초등학교 교사였다. 이 때 필자는 수안보로 양 시인을 찾아간 적이 있었으며 그 뒤 작고할 때까지 교류를 이어갔다. 양채영 시인의 본명은 양재형인데 가운데 재在자는 필자 집안의 숙항의 항렬자이기도 하다.

오순택 시인의 경우 1965년 7월호에 연구작품 「무제」, 8월호에 연구작품 「사별가死別歌」, 10월호에 추천작품 「손」, 11월호에 연구작품 「눈먼 연가」, 1966년 3월호에 추천작품 「음악」으로 세 번째 추천완료 시인이 되었다. 그 당시 그는 순천의 고향에서 군 입대를 앞두고 있었으며, 1967년 필자의 대학원 시절 대구에서 만나 김춘수 시인의 대학원 수업을 청강한 적이 있었다. 그는 동시로도 일가를 이루어 지금 한국문인협회 아동문학 분과 회장직을 역임하고 있다.

민윤기 시인의 경우 1965년 5월호에 연구작품 「수인囚人 · 017 씨」, 7월호에「설화 이후 · 1」, 8월호에 「어느 날의 사신私信」, 11월호에 연구작품「비둘기와 병사」 등으로 한 해 동안 4편이 연구작품으로 뽑혀 결국 추천 2회의 과정을 거치는 기염을 토했다. 그러다가 1966년 5월호에 「의지판매점義枝販賣店」을 주간 문덕수 시인의 추천사와 함께 발표함으로써 네 번째 추천완료 시인이 되었다. 그는 그 당시 중앙대 국문학과 재학생이었으며 중앙대 교육방송국 아나운서로 활동하고 있었다. 그는 졸업 후 베트남 전쟁에 참전하였으며 제대 후에는 언론사의 여성잡지 편집자로 재능을 떨쳤다. 필자와는 여성지 '엘레강스' 편집자 시절에 처음으로 만났다. 지금은 서울시인협회 회장으로 월간 시전문지 '시'를 주재하고 있다. 이번 60년대 '시문학' 출신 7인 공동시집이 출간되는 데 수고를 아끼지 않고 있다.

이상의 네 시인에다 1966년 7월호에 「3월의 바람」으로 천료한 필자를 합하면 다섯 시인이 1965년 4월부터 1966년 12월까지 통권 20호를 발간한 60년대 월간 '시문학'을 통하여 기성시단에 데뷔하였다. 그러나 갑자기 종간된 사정 때문에 미처 추천완료의 관문에 통과하지 못한 사람들 가운데 그 뒤 다른 문예지나 시전문지로 시단에 등단한 시인들은 정말 많다. 그들 가운데 다른 관문을 거치지 않고 활발하게 시작활동을 하여 1960년대 월간 '시문학' 출신이라는 경력으로 시단의 원로가 된 두 사람에 대하여 언급하지 않을 수 없기에 이번의 시집에 그들을 참여시키기로 하였다.

우선 이상개 시인을 들 수 있다. 그는 1965년 9월호에 연구작품 「주형제작鑄型製作」「바다」「파흔破痕」「소곡小曲」 등 네 편이 한꺼번에 김현승 시인에 의하여 뽑혀 단숨에 2회 추천이라는 영광을 누렸다. 그런데 한꺼번에 2회 추천을 받은 것이 마지막 남은 관문을 통과하기에 그만 걸림돌이 되고 말았다.

1966년 10,11월 합병호의 연구작품 합평에서 문덕수 시인은 이 시인을 다른 두 사람과 함께 열거하면서 마지막 관문이기 때문에 쉽사리 뽑기가 어려웠다는 점을 밝히고 있으며, 종간호인 12월호에도 중간에 추천위원으로 참여한 이영순 시인 역시 이상개 시인이 투고한 네 작품 가운데 한 작품을 두고 망설였다. 아마 12월호가 종간호가 될 줄 알았으면 그렇게 망설이지는 않았을 것이다. 12월호에도 다른 호처럼 예선을 통과하여 결선을 앞두고 있는 투고자들을 밝히고 있는 점으로 보아 문덕수 시인을 비롯한 사측 관계자들은 종간을 결행할 생각은 없었던 것 같다.

이 시인은 이 당시 진해에서 해군문관으로 근무하고 있었으며 '잉여촌' 동인으로 활발하게 활동하고 있었다. 이 시인은 첫 시집 『영원한 평행』을 우리 가운데 가장 빠른 1970년 상재하였으며, 군에서 제대한 후 출판사 '빛남'을 부산에서 운영하면서 부산 시단의 중요한 시인이 되었다. 필자와는 첫 시집을 낼 무렵 부산 서면의 다방에서 개최한 필자의 시화전에

이 시인이 방문하면서 인연을 맺었다.

다음으로는 고창수 시인을 들 수 있다. 고 시인은 1934년 생으로, 우리 가운데 가장 맏형이다. 그리고 시단에 보기 드문 외교관 시인으로 한국 현대시를 영역하는 번역자로서 일가를 이루고 있다. 고 시인은 1965년 11월호에 「파편 줍는 노래」가 김현승 시인에 의하여 추천되었는데, 김 시인의 추천사에 의하면 연구작품으로 투고했으나 충분히 추천작의 수준이 되기 때문에 추천한다고 밝히고 있다. 1966년 10,11월호 합병호에는 「도시의 밤」이 김춘수 시인에 의하여 추천작으로 선정되고 있다. 말하자면 1년 만에 2회 추천을 받은 셈이다. 그리고는 종간호 12월호에는 「화포환상畵布幻想」이 연구작품으로 선정되었다.

이렇게 볼 때 고 시인의 경우에는 연구작품으로 한 번만 더 선정되면 추천완료가 될 수 있었다. 고 시인 역시 다른 관문을 거치지 않고 1960년대 월간 '시문학' 출신이라는 자부심을 가지고 시집도 발간하고 활발한 영역 작업과 영시 창작도 하면서, 외교관으로 국제 행사에서도 적극적인 활동을 하면서 국제적인 명성까지 얻었다.

필자와의 첫 인연은 필자의 대학 학부 시절 대구의 영어학원 강사와 수강생으로 만난 데서 시작되었다. 고 시인의 성장지가 대구라 학부 졸업 후 학원 강사를 하면서 경북대학교 대학원도 다니고 외무고시도 준비하던 시절이 아닌가 생각된다. 강사와 수강생 시절은 서로 큰 인연은 없었다. 그러나, 비슷한 시기에 김춘수 시인의 추천을 받은 점과 대학원 동문이라는 인연으로 서로 예사롭지 않다고 생각하고 있다.

이상으로 7인의 60년대 월간 '시문학' 출신 시인들의 데뷔 과정과 그 때 그 시절의 필자와 필자 주변의 문학적 분위기를 간략하게 살펴보았다.

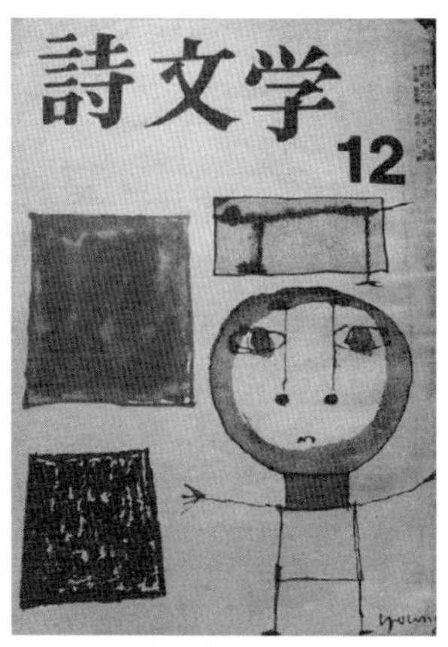

'시문학' 종간호

1960년대 월간 '시문학'의 이색적 사업을 하나 소개하면 그 당시의 베트남 전쟁에 파병된 장병들에게 '시문학'을 보내는 운동을 전개한 것이다. 1966년 7월부터 이효상 국회의장을 비롯한 각계각층의 인사들이 참여하고 있다. 그 다음부터 장병들이 보내온 감사의 편지를 소개하고 있다. 종간호인 1966년 12월호에는 드디어 안병호(후일 육군 중장으로 수도방위사령관을 지냄)의 시 「전쟁에의 소변素辯」이라는 작품이 정한모 시인의 추천으로 연구작품에 뽑히기도 했다.

## 3

연구작품으로 뽑힌 바 있는 사람들 가운데 뒷날 다른 지면을 통하여 시인으로 등단하여 활동하고 있는 시인들에 대해서는 연구작품 당선 회수를 살펴보기로 한다. 그 가운데는 이미 고인이 된 사람도 있다. 다만 필명으로 투고한 사람들과 필명으로 타문예지로 데뷔한 사람들과 타장르 문인으로 데뷔한 문인들까지는 파악하기 어렵다. 우선 창간호부터 필자의 기억에 각인된 사람들만 열거해 보기로 한다.

이양우(1), 김만옥(2), 금동식(2), 김용길(4), 김창완(4), 송수권(2), 이기철(3), 김성춘(1), 정성수(2), 권웅달(필명 권웅)(추천 1회), 도한호(1), 표성흠(1), 김석희(3), 강 변(2), 윤재걸(2), 안병호(1) 등 여러 시인들이다.

앞으로 이 공동시집이 다시 엮어지게 될 경우 앞에 열거한 시인들이나 혹시 필자가 파악하지 못한 시인들의 작품도 함께 실게 되길 기대하면서 1960년대 '시문학'에 대한 글을 마무하기로 한다.

데뷔하자마자 모지母誌가 종간되어 문단의 고아가 되어 버린 우리 7인들은 다행히 1970년대 다시 '시문학'을 주재한 문덕수 시인의 배려와 각자의 노력과 역량으로 다른 문예지 출신들에 비하여 손색없는 활동을 하였다고 자부한다.